烟色渐远

赵明著

上海書店出版社
SHANGHAI BOOKSTORE PUBLISHING HOUSE

目录

往　事

2 神交

4 沿河而居

7 授课

10 雪山脚下

13 访友

16 六十大寿

19 听戏

历　史

24 婴香之谜

34 《听琴图》遐想

44 宋代香铺

52 乱世好香

64 佛国胡烟

83 西岳庙记文

92 洪刍其人

100 插图里的生活

反　思

138 高温与低温

140 有相无相

142 聚散之间

144 方之在人

147 后记

149 参考书目

注　事

神交

年逾九旬的薛伯伯跟我说过一句话:“人生没有意外的事”。当时是那么年少,听了亦是茫然。眼前的这位老者曾与国民政府时期的军阀、要员、商界名流、戏台上的名角均有过特殊交往,晚年行事低调却毅然将家藏重器捐赠给了国家,他的感悟正如他所经历的世事那样深不可测。回想起来几十年光阴,多少事其实都在冥冥之中;只因生活的忙碌和大意,便浑然不知。当我开始体会它时,老人早已不在了。

九零年代初的上海,港口贸易正值繁荣;对商业向来敏锐的上海人,是不乏洞察和感知的能力的,当然也更懂得抓紧时机。看着走在街上的步履不断加快,随之而来的除了富庶、进而颠倒日夜的物质生活,也挟卷着各色思潮和进步的文化成果。

以买书为例,这之前,在大陆要接触到港台等地的出版物,如果还要求专业的、即时的,那都是不容易的事。所幸有像上海外文书店这样的单位,通过中国进出口图书公司以等价易物的形式,换进一些海外的书籍。虽然,大部分也许已是过期的,但对读者来说却足可堪称耳目一新。

受兴趣和专业的驱使,历史文化类的书籍始终是我所偏好的;其中台北故宫博物院发行的《故宫文物月刊》就很让人喜欢,它不像很多院派的内部读物,摆出一副官架子,试图用艰深和乏味来教育群众;而是从选题入手,精心地设计印刷,图文并茂地展示以便于阅读的联贯,是一种真心想跟读者分享的编辑态度。为其撰稿的不仅有当时初出茅庐的年轻才俊，也有像那志良这般1949年随文物迁台的老辈人物，诚可谓一时群贤汇集。我几乎是每期必买。

大约从第四期开始，刘良佑先生的名字出现在该刊，文章考证的内容自成一派，即使拥挤在众多名家美文中依旧显出不一般的光环，令人过目难忘，后来细想，也许是其文风的缘故。刘氏之文，常常在独特的学术见地外，洋溢着一种迥然与同行笔端少见的晴朗和情趣。旧说文如其人，由此便认定这位作者的骨子里充满了对生活的热爱。

假使把先生早期刊登的文章连续起来，几乎可自成一本精致的鉴赏小史。这会让人误会他仅是陶瓷或景泰蓝方面的专家，但再陆续拜读他在其他领域的专论，才渐知先生治学的广博，敬佩之余，更着意留心他的笔墨；就这般断续数载，视之为神交。

记不起具体是什么原因，中间有好几年没再续买此刊；印象里，刘先生的大作也逐渐少了。2003年的某天，在朋友家聊天，对方长期从事艺术经纪工作，随手递过一本台湾的美术杂志，信手一翻是篇谈宋代城市品香生活的采访专题，出人意外的是受访人竟是阔别已久的良佑先生。当时喜出望外，细细读罢，方知先生这些年正潜心中国古代的香学；一整套系统的香学理论，与几近断层的文人制香技术，在他手中逐渐复苏。这样的研究课题，不仅超出普通读者的知识范畴，也远在寻常考古视野之外。更让人好奇的是此举的初衷，这个题目不会是横空出世，必然与先生之前的学术有所瓜葛；而这中间的传奇和曲折，直到若干年后拜入师门才真相大白。

文章最后透露刘先生的专著《灵台沉香》一书已刊印发行，随即委托在台的友人寻访。由于初版数量有限，几次追问都是空手而归，心中颇憾无缘；数周后终于在台中的一家书店中访获，且是最后一本。以当时隔岸购书的现状，想想真是来之不易。事后，每与朋友谈及此事，他们都戏说这是我与先生的宿缘，一时我也无言以对。

沿河而居

肇嘉浜路早已是上海的一条交通要道，它的出名多少是跟徐家汇有着某种联系，而这两个地名显然跟水有关。

历史上肇嘉浜的确是一条东西走向的通航河流。从黄浦江穿越上海县城，往西经卢家湾、打浦桥、徐家汇，可以直达昔日的松江府。论年纪，远早于明代才出现的徐家汇。今日的徐家汇地区因徐光启后人的繁衍生息，一度（最初）称作“徐家厍”，后来渐成集镇，又地处肇嘉浜、蒲汇塘和李涉迳三河汇合处，而改称徐家汇。民国初年，这里筑路渐多，河道被填，至1914年，徐家汇路以北被划入法租界后，肇嘉浜这条一再被缩减的河道，竟成了租界与华界的界河。界河以北厂肆林立、商贾云集，一派商业繁荣的城市格局；以南的华界，原本在社会形态上，便是农耕经济的乡村野景，经历“八一三”淞沪会战，几乎全部沦陷，成为“孤岛”时期大批流民的栖息之地，其杂乱程度不堪入目。这种情形直到新中国成立后的1954年起，历经政府多次整治，才得以全面改善。

听说刘先生来上海，购置的新居就在肇嘉浜路的路北，而且还是沿着这条人车熙攘的商衢。那是2004年的初春，受上海博物馆客座研究的邀请来沪后作的决定；之前他也曾为晚年的居所作过若干设想，如新加坡或杭州……却神速地选择在这座城市的这么一条路上，人地两生的他，难道就没多问问，即使不在闹市，也大可离工作地点近一些。对外的说法是，跟随他十多年的学生c君一家也在此居住，相互总有个照顾。

c君与先生的感情我是略知一二，这次的拜访便缘于他。这当然是个客观的理由，但我总觉得好像还不止这一个答案。

沿着高安路向南直行到尽头就是肇嘉浜路。很奇怪，这条改建后的马路多出一条同名的辅路；白天也颇安静，连街边公交车站也人影稀松。相反仅一条绿化带外的主路则完全是车马喧嚣的世界了。依c君的提示顺手左拐约三十步，他等候在一个常人极易错过的入口，大家尾随其后，步入一个占地有限的社区。从整体外观看，是一处颇讲究品质的外销住宅，没有高层；围墙外紧挨着过去法租界的各式建筑，依然住着居民，依稀还能听到邻家传出的西洋旋律。行到半路，迎面突然香气大作，味道特殊难以形容。众人下意识地借着本能打量这气味的出处，又全无踪迹；越往前越明显，c君笑笑不发一言。我察觉到右前方一个用竹篱笆围起的小院，浅黄色的灯光从屋内泛出，形成一片光晕，衬托起隐约可见的庭栽；香味到此萦绕不去，这应该就是刘家了。

刘先生夫妇已在门厅迎候。先生高大、夫人别致，二人都着中式服装，一个是皮质的，一个是缎质的，站在一起有松萝之致；出于礼貌，我没有细看，只觉得他们衣服的质感都很柔软，也很亲切，正如他们脸上的笑容。c君在旁招呼，一行人被纷纷请进了客厅。这是一个底层的房子，把两个单元打通重新做了规划。以客厅为中心，右边是给学生辅导上课的地方，左边依次是茶室与香室；间隔的空间设计成书架，里面卷籍成堆。室外，数十平方的庭院，疏朗地布下一株梅花，几枝翠竹，高低两座湖石，再配上满地半绿的青苔，韵致清淡；从屋内沙发的角度望去，有宋代文人画的结构意趣。据说主人当初的构思也颇本此意。

整个下午到底谈了什么，老实说已记不清了。只有两个印象，一是落座后，先生在茶几上自制的龙泉三足鬲式炉内投入一截点燃的方形线香，片刻间满屋芬芳。借着有限的光线，我探身朝炉内望去，里面铺着很厚的炉灰，平整如熨的质感好似素绢；那截香卧在灰上，随着燃烧，那一点亮光，仿佛山中夜行人手里的火把，闪烁着朝前移动；其二是夫妇二人的言谈举止。先生与众人谈笑有声，爽朗畅达其人如文；夫人温润少语，探问茶水冷暖，极尽主人情谊。临行时，他们并肩相送，步履不急不缓，始终稳妥而优雅。

这眼前的物和人，让我感觉一种久违了的风雅，一种精神上的美感；似乎要召唤来客回到那个隐逸田园，夕听林泉的年代。其实，这又有什么奇怪。

过去，中国的城市与田园本身就是交错混杂的。古代的城市多半也兼具都市与乡村的风貌，它们各自保持着自身的魅力和价值，互为包容和欣赏；远非今日新型城市文明的出现，让这两者之间在社会心理价值观念上形成莫名的排他性。这样一想，肇嘉浜这条曾经存在过的历史界河，似乎也为今天传统的学人提供了彼岸田园的想象，起码在精神上，提供了一个出入便捷的桃源。说它是中国传统士人习惯性的选择。或许也是，刘先生为择居而设的另一层涵义。

多年后，我去先生夫妇在台北关渡的家，居然也有一条河相伴。那可是一条名副其实的河，还在流淌的河。看着河水奔流，不禁警觉，肇嘉浜莫不就是先生夫妇心里的那条暗河。

授课

这是一张宽大的长桌，木制的，即使在冬天用手抚摩也觉得很温暖的长桌。坐满大概可容纳十四个人。放在屋内，四周几乎仅剩下一人可行的过道。贴墙而设的低柜上，摆着几件中唐风格的石质菩萨造像，几件龙泉窑系的炉具；角落处则是一台处于工作状态的高倍电子显微镜，余处皆为凿壁而置的书柜。唯一向着庭院的窗显现出不一般的格调。那是用宣纸和楠木特制的扇形窗花，外部的光只能部分进入，感觉上既融合了江南园林的情致，也让原本略感逼仄的空间延伸出一丝舒畅的气氛。屋子是移门，用的是徽派的雕花技艺，一经合上，室内静谧味更浓，恍如隔世。这就是当时的课堂。

那年，c君来电告之先生在沪开课的消息，在座众人都很兴奋。就c君之前的回忆，刘先生除了上博的学术研究，在台还有大学的研究生要教导，日常工作颇重。香学一途十多年，求学者络绎不绝，但迄今正式授受的学生也有限。主要还是先生考虑到这项课程在时间、经费以及对传统文化的认识等诸多条件上都有相应的要求，此外他还有一个见解，即不仅视香学是专业学科，更是一门涉及人的心理、品位，甚至有关生命领悟的生活之学。

而c君与先生的因缘也算得上传奇。他是先生二十年前唯一一次在文物杂志上登广告招募来的学生。先生转战香学，他追随多年不离左右，直至移居上海。如今，先生来沪竟又可以再续前尘。而我们以朋友知交相识多年，此番不期共为同窗，人生的造化可见一斑。

正式授课前，先生叫大家去，每人给了一本似书非书的本子。说它是书，的确这是先生的第二部香学著作；说它非书，因为它并没有对外发行，只提供内部香学子弟。而且，其编排和内容更接近笔记与语录；这些惜墨如金的文字，是先生从浩瀚书海中日夜淬炼而成的精华，也是数十年人生在香学中参悟的结语。其意义又远远不同于一般形式上的书。

在这本特殊的书里，预留了许多空白页，是给弟子们日后随手记录心得之用，这又是先生细致入微的另一面。还有一处特别的是，此书封面封底，采用过去题签落款的形式，各留一处空白签条，由先生亲笔分别写下弟子的姓名与师承中的香名。但凡捧在手中，就顿生一种肃穆的仪式感。

先生的授课方式几乎是脱稿的，其风格与我们熟悉的应试教育更是大相径庭。几个小时转眼即逝，并不感觉沉闷与乏味；而在专业上，也不拘泥门派，出入古今信手由缰，博采中外不让他人。这种同时跨越多个领域，多元并进的治学方式，据说也正是上博十分看重的研究方法。而先生亦说，过去中国学问的传统，贵在相互引证，旁采博学，不主张偏于一科一目。所谓的通才，不仅表现在学问的大小，同样要看治学的视野和观念。

一次课上，原本探讨的题目是关于汉代的海外香材，不知不觉逐渐深入到富产于中亚、小亚细亚及地中海的乳香，再而论及这类香的采集方式，忽然先生话锋一转谈起当地居民的饮食习惯与此香的关系，随后推演到人类早期哺乳方式在气味遗传上的记忆，乃至在生理上的种种效应；还特别以当时流行的泡沫红茶等喜闻乐见的生活内容加以启发。这样的教学，的确别开生面。平心而论，先生的教学是颇富戏剧性的，这并不是指他学问的风貌，而是其为人的性格。弟子们问学路上的疑难杂症，经他那一副侠客心肠般的谶语，或一句如老衲喝出的禅机皆得渡脱。

至于授课的形式，他也丝毫不让步在校的标准。野外调查、社会实践件件偷懒不得。

记得先生是十九岁起钻研陶瓷鉴定，不仅来往两岸，深入各大窑址，更亲身实验配比釉料和着色，由其复原的故宫宋元名作曾令诸多行家都一时莫辨；其创作的现代陶艺，早在当年就已在台湾的美术界声名赫赫。可见实践一词在先生身上是潜移默化的。身为他的弟子不仅深受影响，也深受其益。课室里的长桌从此成了师生间远行归来，求证收获与各抒心声的学术舞台。

那些年里，弟子们交替着在长桌上学习如何辨别各地的香材，互换各自理香的体会，鉴赏不同时代的香具，尝试着用双手复制古代香谱中的名物，偶尔如履薄冰地独立恢复一桌像样的香席；总之，正是这张长桌记录了授课历程中大部分美好的时光；直到最后一次，众人在它上面为先生的不别而行写下无比动情的哀思与讣告。之后，它就陪夫人回了关渡的家。我们再想静静地抚摸它，惟有去台湾了。

雪山脚下

云南之旅是令人难忘的。因为在那短短几天，遭遇了仿佛小说里才可能相会的经历。

此行人数颇多，女性占了八成。抵达昆明后，大家去了省博，因为先生夫人的面子，在那里受到了高规格的礼遇。第二天奔赴大理，当地的文物部门同样恩宠有加，竟破例带大家参观正在清理中的野外古代遗址。在深度近2米探方的考古现场，封存千年的泥土散发出的独特气息刺激着每个人的嗅觉，那种混合着人和动植物痕迹的味觉，让人进入幻境，无法抗拒不去联想那些似曾相识的生活片段。而遗落在不同纪年层里的陶瓷碎片，依旧泛出清澈的暗光，提醒注视者它们气息尚存。在谨慎询问了现场管理员，确认不违反规定的前提下，几位眼明手快的同门迅速采集了一些样本，带回作为纪念，看来他们早已目标明确。中午在民俗园用餐时，先生若无其事地询问大家的收获，那几位“收获颇丰”的立即意识到话外之音，连忙主动“认供”，先生考问了他们对于这些器物的认识，略微一笑朗声来了句“喝酒”，众人如释重负，欢声笑语打成一片。俗话说物极必反，才不过半日的欢喜，紧随而至的却是一场意外之险。

在飞往丽江的航班上，这架并排只有四个座位的小飞机，起初还飞得很稳。以致大家都昏昏欲睡。突如其来的猛烈振动，几乎惊醒了所有的人。机务人员声明是遭遇了气流，请大家放心。但实际情况并非如此，振动的幅度丝毫没有减弱，频率也在提高。已经十几分钟了，机舱内可以清楚地听到座椅与行李架受挤压的声音。一些女士开始不安了，起初放在身上的手紧张地抓住了座椅，而这时，飞机好像掉进落差悬殊的螺旋漩涡，左右侧摆的角度接近90度，大部分的乘客出现了呕吐。机组人员神色严肃地反复提醒大家系好安全带，自己也快速坐回工作人员的安全座椅。此刻，男士们也闭起眼睛，不再谈笑。机舱内完全进入一种祷告的状态。我的手心早已被汗浸湿，忍不住侧身看了看刘先生夫妇；先生神情似乎没有什么变化，也朝我看看。最后，不知是眨了下眼，还是挤了下眼，大概是安心的意思。这时记起先生的父亲曾是一名杰出的空军，不由安慰起自己来：能有幸与空军之后共闯天险，必能逢凶化吉，得其庇佑。何况先生的名字中既带一佑字。

飞机最终平安着陆。据说当天的确遭遇了罕见的气候，所幸飞行员曾在空军部队服役，那就难怪那些惊心动魄的飞行姿态，原来都只是他本能的应变之举。尽管如此，一众女眷依然惊魂未定，誓言返程改换火车才行。

站在丽江城内，昂首便能看见洁白的玉龙雪山，这种感觉是让人舒心的。再加上跑去纳西古乐的圣堂，听了朴素的乐调，以及宣科先生口若悬河的独白，心情自然也就好了许多。

隔日，大家提议分散活动。我和c君等一组。在四方古城绕了半小时，竟在不远处发现先生独自坐在内城的小河边发呆。原来同行的女眷们都忙着去采购特产了。我们好不同情，拉他一起在沿河的茶肆坐下，要了壶上佳的滇红，闲聊古今。说着说着，先生认真地问大家学香的目的。大家愕然，先生的意思自然不是仅仅满足于提升见识和修养。他想得更远，他看重的是这门文化的社会意义。就如他当年不遗余力地促成两岸文物界的交流互往，在那些冰封长河的年代曾温暖过多少学人的学术生命，并由此开启了一缕缕文化的春色。面对香学，他带着同样的思考，期待着藉由行香的过程和内容，为困扰的城市心灵带去一点引导，从而在健康的生活中体会人生的乐趣。这次对话，让众人思索良久。

返程前一日，我和 c 君等三人在午后的古城漫步。路过一家药铺，听说这里的虫草不错，就进去瞧瞧。想起先生曾提及古代香药合局的历史渊源，不免浮想联翩。莫不是这偏远的古镇还保持着这一悠久的风俗。三两步走向柜台，询问之下对方果真从老式长条的抽屉里取出三件尚维持原貌的沉香大料。我连呼其余二位，大家不禁暗喜。再仔细辨别，产地分别来自越南和星洲，这些都是药铺十几年前进的货，平时根本无人问津，日久也就成了库存。三人随即付了钱，走出店门，此时夕阳正照在雪山的肩膀上，环顾四周人车盈市的长街，还有这古意盎然的药铺，真恍若置身北宋的京师汴梁。

归途中，大家调侃起我们昨日的收获。三件香料也早已经过精心的清理，揣进各自的怀中。可能是机舱内温度渐高，不一会芬芳的气味洋溢而出，引来一些乘客异样的眼神。随后，也看见了他们脸上愉悦满足的表情。这些早在我们预料之中，美好的东西总是能给人以幸福的感觉，即便你只是个陌生人。这时，我又忍不住看了看先生，想起了前天在河边的谈话。那么多年过去了，打量时下的世相人心，千金一掷的逐香者如不绝的江潮，谁还在关心文化。徘徊在书架前，目光停在那次旅行唯一买下的一本书籍，内容是关于奥地利人类学家约瑟夫·洛克在云南的历险，书名是《孤独之旅》。

访友

原本刘先生夫妇并无计划去福州，后来还是和大家一起去了，众人自然高兴。福建之地自古航运发达，与世界沿海国家的商业贸易历史悠久。这次前往福建省博物馆就是来看近些年海下考古的成果。拜馆长特许，我们有幸上手观摩了各类宋代青瓷的标本，其中不少还都是与古代女性生活有关的香盒和粉盒。实在是课堂之外难得的补充。经过这一个上午的见习，大家都显得底气充盈。摩拳擦掌地扬言要去验证各自的眼力。办法就是调整下午的规划，改去当地的古玩市场。先生并不阻拦，在他眼里这本也是生活乐趣的一部分。

没想到，第二天大家仍余兴未尽。请了假早早便散了出去。先生夫妇下午约了人，上午无事。我也是一样的行程，就索性和他们结伴而行。所住酒店离省博很近，都算是西湖公园的地界。我们经过时，里面已经挤满了晨练的老人。眼花缭乱的舞蹈、体操，在优美的闽南曲调中激情荡漾。先生不由感慨这里的老人富有活力，其实人就是应该保持一个健康快乐的人生。就着这个话题，我们聊起了养生及对生命的看法，不知不觉来到了省博门前的空地。这里也是公园的一角，但清净了许多，绿化也很有条理。期间，先生谈到了香与养生，后来都写进了遗稿《休闲养生与香文化》一文中。先生认为生命和世间万物的价值，都是因其有限才会显出其珍贵。因此，对待生命的正途，应当是研究如何自我调理身心，以保有生命的价值。所以养性以摄生，也可以说是一种追求完全生活理念的活动。如何将养生融入生活之中，在健康的生活中去体会人生之乐，香学正是藉着行香的礼仪过程及其内容来抵达这一目的的心灵活动。大概是为了缓和深邃的探讨，先生兴致突发，竟邀我与他轮番示范了曾各自习练的内家拳法。我所学不精只好勉为其难，倒是先生的架势颇见功底。看我们交谈甚欢，夫人坐在几步外的木凳上，静静地享受着阳光和先生爽朗的笑声。

下午我需去拜访福建古琴界的前辈李禹贤先生，为了照顾我的时间，他们匆匆陪着吃过了午饭。至于他们，则要去看望一位大陆文物界的老友，据说寝疾在床，语气里充满了牵挂与担忧。我至今没打听那位前辈的身份及结局，但当时就明白了，其实这次的省博他们不知来过多少次了，以他们的资历又有什么还没看过的。除了提携这群弟子，他们此行的主要目的，大概就是来探望这位老友的。

李老的拜访很顺利。虽是初次见面，他丝毫没让我感觉陌生。照旧抽着他的烟，照旧在大画案前笔走龙蛇。说起李老，是位了不起的人物。十六岁起遍访名师，八十年代走遍福建全省，抢救几近失传的古曲，由其打谱完成的闽派琴曲《风云际会》惊动全国。而他的为人仍然是低调谦逊的老派作风。按李老的说法是要多弹琴而少谈琴，所以我们聊得不多。问完家学渊源，便示意我弹奏。每一曲的间歇，他都略作点评；随后，换他落座，问我想听什么，自然是二十年前就名噪一时的《风云际会》，然后那高挺的鼻梁、斯文的眼镜，以及清瘦的身形就和那苍劲洒脱的琴音交融为一整体，让我依稀看见岁月风云在他心里吹过的痕迹。明月高挑，李老相送出门。因为起风，他穿了件老式风衣戴了顶礼帽，走出数米，我扭身再看时，李老正待回转的身影被月光拖曳在地，恍若一种民初文人的滋味。这一幕，让我想起了另一个人的身影，竟如此神似，那人却是先生。

几年前，他曾见示一帧黑白小照，大约用传统莱卡一类拍的。画面中是一处茂密的山林，草木环复、湖石间杂，一座小桥横在溪水之上；桥上两名男子，一个长衫礼帽、一个西服革履，正俯身桥栏，互作倾吐。这是一张远景，看不清面目，而意境极佳。其中着长衫者是先生本人，西服者则是上海博物馆的汪庆正先生。以他们的私交，这也许又是一次推心置腹的谈话，而天地间无声的山水，也在那刻成了他们绝妙的陪衬。

明代绘画常见携琴访友的题材，一名男子侧身夹着古琴，穿过松石密林，叩访另一端栖身茅亭的好友。琴在此处成了中国传统观念里流水知音的物证，也是不可或缺的符号。而真实生活里，这张摄制于台中某地的陈年旧照，依然让人神往。在两位好友心里，在先生与诸多谦谦君子之间，相知似此，带琴与否是不必刻意的了。

六十大寿

如果有一种乐器，演奏时会与焚香联系在一起，大概只有中国的古琴了。在琴桌前点起芳香，正身而坐，鼻观引路让香味沁入心扉溶入血脉；手指拨动间，琴音入耳，身心俱静。其中奥妙与品香之道真是异曲同工。因为这个缘故，大家一直希望安排海上古琴名家龚一师与先生见个面。时间就定在先生六十大寿临近前，当作庆贺的序曲。

择日，两位先生如期而遇，并且一见如故。谈香论琴，加上善于插科打诨的学生推波助澜，宾主俱欢。按先生恢复的古代香席较为讲究个人的生活品位与人文意趣。品鉴过程，有铺垫、有高潮、有尾声；是颇注重内心感受的活动。每次相聚都似昙花一现，不可复制无法重来。而自古以来，焚香鼓琴这样的事原本就是读书人的待客之道。知己好友难得相逢，借此二物一诉心声；这种需要还不单纯是理智上的，几乎全寄托于精神上的祈望。

正式品香前，主人通常会安排"韩熙载夜宴图"般的欣赏活动，那天当然是请龚先生操缦。平日上课的长桌被临时征用当作琴桌，众人或坐或站，屏息静听，此时也固然少不了在琴前焚一炷好香。当天龚先生兴味甚佳，一曲弹罢又复一曲；而龚师的手段更非常人能及，宋人郭楚望的《潇湘水云》演绎尚未过半，思国之忧情已如九嶷山中的雾气，无处不在，转而《平沙落雁》里便飞出一群鸿雁，在寥廓的沙地上振翅盘旋，将凝重的情绪一扫而空，接着缓缓落向宁静质朴的《渔樵问答》，落日西下，收网回家，到了与妻儿共享美食的时候，怡情的小酌自不可少，不一会儿，小屋里传出轻微的鼾声，时高时低仿佛《酒狂》里蹒跚的脚步，是渔人累了，还是琴人醉了。其实半小时前主客的确都已略微喝了点陈酿，这也是先生所创的环节，经他试验说可以增强气血之循环，使品香嗅觉更为敏锐。此时真醉假醉也分不清了，总之现场没喝酒的脸上都显出那么点醉意。随后，众人从琴桌移向香席。先生略加思索，取出三种特殊的香材。在香席中用香，不仅要了解来客的喜好，还需明白各种香品的微妙变化；首香、中香、尾香要刚柔相映。所以先生特别强调“香无不宜，唯时机而已，是故制香而不制于香”，不刻意计较香材的贵贱，而全靠出香的主人知其迂回、察其轻重，能因客变化而出香者上之上者也。因为每次香席对人数的限制，余众坐在茶室等待。由隐约透出的香气辨识，里面似乎包括高棉的水沉、越南的白棋以及海南的黑棋。末一种特征最为显著，据说是由于甜蚁的介入，使受菌的组织糖化，最后结香的树脂在高温下会散发出甘甜的酒味。如此选香，莫不是先生有意为之。这样一来琴香皆醉、前后呼应，看来主人是最清醒的。

距先生的寿辰越来越近，学生们商量送一份贺礼。不约而同都想到了古琴。先生平生重情重义，弟子们与先生的情谊也与日俱增。唯有古琴最能以其内涵表达大家的心声。为此，我们寻求龚先生指点，选了一张名家亲斫的新琴，款式是传统的仲尼式黑漆蛇腹断，以示昔日夫子弟子三千，今日先生桃李天下的寓意。并在琴腹铭刻贺词，恭恭敬敬地给先生送了过去。

先生欣然收下，郑重地挂在自己香室的东墙。还一再嘱咐大家，好物不宜空悬，邀请常去会弹。此后，学生们每每登门，总会尽兴挥洒数曲，博来先生满意的称许。这真是一张好琴，轻轻拨动琴弦，干净沉稳的低音共振绵绵不绝。而古琴的发音靠的是上下两块木板合起的共鸣箱，位于底部的两个方孔有着优美的名字，一曰龙池、一曰凤沼，都是纳音之所。琴人拨响琴弦，声音传递到琴身再反射而出。有意思的是，木性本具备天然吸附的才华，空气中的水分、大漆的芳香、琴人自己的气息，甚至整个时代的风气，都被它不声不响地保存下来。

常常同一个曲子在几百年前的琴上却韵味迥然，这或许别是一种历经沧桑后的城府。它记录的应该不光只是气味和声音，也应有人事的悲欢与情感。只有与它频率相仿的有缘人，才有机会在拨弦的那刻，聆听它的回放。

寿宴设在徐家汇的小红楼。这座新艺术建筑风格的三层小楼，是80年前法国百代唱片公司投资的上海第一座专业录音棚，新中国成立后则是中国唱片公司的大本营，已不知记录下多少光芒四射的好声音。现在它却是一座时髦的餐厅。沿着台阶上行，依稀还能感觉到墙角交汇处的文脉，还能听见楼道间的回音，似乎还间杂有周璇与姚莉的笑声。这里实在是会客的好地方。晚上宾朋好友齐聚一堂，尤其是文博界的同行，都是善喝的能手。先生也不推辞、夫人也不规劝，大家一饮而尽，豪气冲天。酒酣耳热之际，先生提议去阳台小憩。乘着月色大家走出户外，清凉的南风吹来花的香气。

我想，大家可能都淡忘了，也可能真的不知道。1944年的一个晚上，就在这个阳台上，作曲家黎锦光即兴谱写了那首脍炙人口的《夜来香》。数月后，一个叫李香兰的人把它唱红了大江南北。今夜，他们会不会再闻香而来呢，又有谁会知道！

听戏

《陈氏香谱》卷三记有一条“沉香亭”的描述:“开元中,禁中初重木芍药,即今牡丹也,得四本,红、紫、浅红、通白者上。因移植于兴庆池东沉香亭前,敬宗时波斯国进沉香亭子,拾遗李汉谏曰沉香亭何异琼台瑶室。”史料所载,此亭正是供唐明皇与杨贵妃纳凉的地方,而亭子的材料用的是名贵的沉香木。考《旧唐书》、《资治通鉴》及唐人笔记,发现当时朝廷上下以沉香木营造庭院,并非个别现象,流风所及已成奢好。可见这段故实还是有其可信之处,连六百年后的剧作家洪升,在其著名的《长生殿》中也挪用了这个细节,给明皇按上一句“今日对妃子、赏名花,高力士,可宣翰林李白到沉香亭上,立草新词供奉。”更不用说,还有诗仙本人那首《清平调》里的千古名句“解释春风无限恨,沉香亭北倚阑干”。

也不知哪一次在先生家闲聊时提起此番典故,大家不由议论起来。说来也巧,当时我正参与上海昆剧团全本《长生殿》的演出筹备,就邀约众人前往观摩。时值白先勇先生的青春版《牡丹亭》红遍江南在先,而这部由新闻名家唐斯复先生苦苦坚守七年的巨作,也成了无数昆曲追梦人翘首以盼的精神大戏。由于是四天的联台本演出,每本的时间都将近两个半小时,出于对初听昆曲者耐心与精力的考虑,我权衡再三,为大家选择了第三本《马嵬惊变》。纵观此本共有九折,不仅文武兼备,唱念做打也一应俱全。而其中最想推荐给师友们的,也是个人最喜欢的两折《惊变》与《闻铃》,亦是全剧的精华所在。

《惊变》是昆曲大官生中非常有名的一出戏，剧中唐明皇唱的北曲，不但好听，而且气魄很大；加上表演者是亲炙于俞振飞、沈传芷两位名师，有当今“活明皇”美誉的蔡正仁先生，其气象更是非同一般了。按蔡先生的原话，因为剧情是描写明皇和贵妃御花园饮宴，一上来就是典型的北曲《粉蝶儿》“天淡云闲，列长空数行新雁”，整个是散板，而且是同唱；两个人在车里，一边唱一边看，声音高低是同步的，腔也是一模一样，听起来非常舒服。接下来又是典型的南曲《泣颜回》，唱腔中揉进优美的身段，处处体现出贵妃取悦皇帝的恩爱；这就已经给观众展示了南北套曲的特色。之后转入的《小宴》，在另一支圆润好听的北曲《石榴花》的映衬下，把帝妃间把盏劝杯的温情发挥到淋漓尽致。随即又是贵妃的南曲，吟唱李白的《清平调》。

唱至此时，观众眼前也已是满台的醉色。接着明皇大笑、贵妃起舞，二人演尽了夫妻间的爱慕。就在这样的深情缠绵之后，真正的生离死别遽然而至。《惊变》的“变”就体现在此，安禄山造反、潼关失守、哥舒翰投诚，直至马嵬兵变、贵妃玉殒，全剧的转折由此开始。

看戏时，我把先生夫妇的座位安排在剧场的中前排，其余的人分散在周围，自己则坐在近过道的位子，以便于照应。其实这出戏在排练时，已听过多遍，尤其是对蔡先生的本领，认为当世无第二人可与之比肩，所以又一次沉浸在放松的享受之中。戏演到埋玉一折，到了帝妃分别那刻，只听见饰贵妃的张静娴先生喊出一声：“陛下，三郎啊……”心里陡然一颤。那声拖得很长而凄婉的“三郎”，正是对明皇的昵称。而印象中先生在家排行第三，似乎在哪处落款上也见过“三郎”一类的字样。除了最亲爱的人，平时又有谁会私下这么称呼。我不禁向前排的先生夫妇投去忐忑的一眼，见他们仍安稳地并肩坐着，稍稍释怀。但内心总翻腾着说不清的异样。随即起身出了剧场，若有所失地在附近走着。等折回时，只见先生一人在路南老锦江饭店的门外抽烟，忙上前招呼，才发现是中场休息；很少见的是他把夫人留在了里面，还用安慰的语气解释，会有学生照顾她不必担心。

这一句近似谶语般的话，在先生离去多年后，又意味着什么？莫非当年戏里的那一幕真是日后现实生活的预兆。

打那儿以后，每逢听《长生殿》，将近“埋玉”这一折，自己就会下意识地避开，如果是录音，就把它关了。不为别的，只因再也不愿听那一声“三郎”。

历　史

婴香之谜

婴香二字传至今日已经快一千五百年了，因出自道教典籍，又是以小字注解的面貌示人，深藏史海传播不广。请益教内人士，也多鲜闻。好在有一位中国书法史上赫赫有名的人物为它扬名，使其昭然天下。此人便是北宋诗人黄庭坚。

台北故宫博物院所藏《宋贤书翰册》第三幅，以行草书，书香药方一则，今人称之《药方帖》，又因首行“婴香”二字，亦称《制婴香方》。此帖纸本，纵 287 厘米，横 377 厘米；凡九行，每行字数不一，共计 81 字，记录了调配婴香的合和之法。

纵观此帖用笔，中锋侧锋兼用，主体部分行书起势，行草收尾；书写节奏由慢入快，补题部分更是浓墨飞驰，至末行已全然枯笔大草。短短 81 个字，笔下情绪起伏如此，不知诗人当时身处何等情境之中。从内容看，此帖并非临摹前贤名品，也不是诗文应酬之作，实用的意图明显大于消遣的意趣。至于是自用，还是抄送他人，则不得而知。就行文中多处涂改圈补的情形，理论上即便送人大概也应是相当亲熟的朋友。山谷嗜香，朝野皆知，在他周围可以这样交往的朋友也不在少数，如惠洪、欧阳献、苏东坡，当然还有那位撰写《香谱》的侄子洪刍。

此帖钤有“安氏仪周书画之章”、“义阳”（半印）印记，为清安岐所藏；整本《宋贤书翰册》集宋人尺牍诗帖 20 种，另有南宋高宗赵构“德寿堂书籍印”、项元汴、梁清标等名家藏印，并附海宁陈奕禧于康熙四十五年的

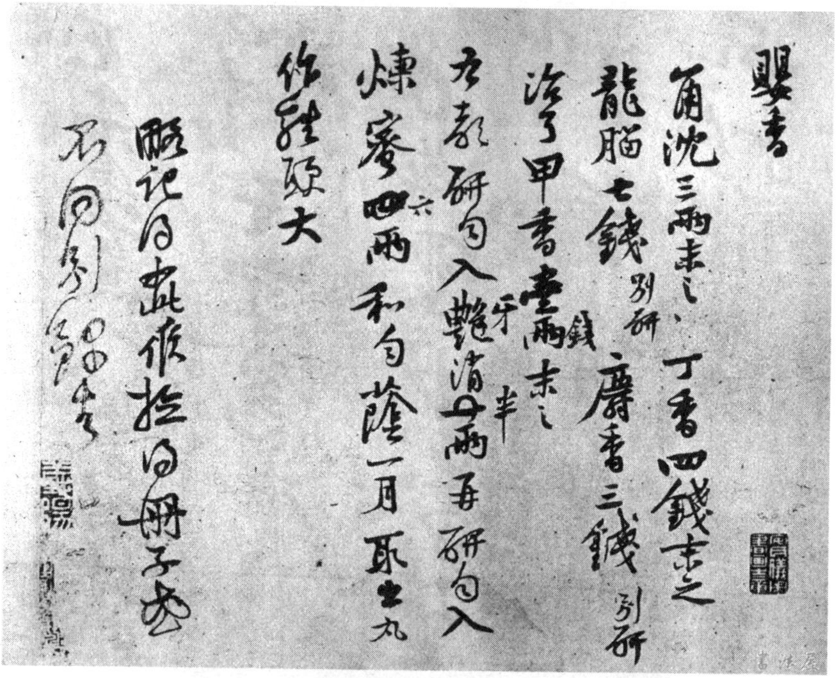

黄庭坚《制婴香方帖》

黄庭坚小像

长跋，后入藏清宫，于嘉庆二十一年编入《石渠宝笈三编》，可谓流传有绪。虽然全帖无书写时间与作者，仅幅左旧标签云：“此药方笔势，是黄山谷书。”而从其笔法、书风观之，多将此帖列为黄庭坚元祐时期作品，如与其 42 岁时所作《王长者墓志铭稿》并列为小字行草佳作，或与《糟姜银杏》帖归入元祐前期所为。这些都是内行人从书法鉴定的角度作出的种种判断。如果换一个姿势去欣赏，从香名及内容入手，或许别是一番趣味。也兴许能为黄书的真伪，提供另一角度的假设也未可知。

值得探讨的两点，一是“婴香”到底是何物，及其最早的出处；二是道家“婴香”与黄书“婴香”的关系。

“婴香”之名出自南朝梁陶弘景《真诰》一书，已是可以确定的事。唐宋以来的志书，也多有著录。准确地说，这是陶氏刻意整理编撰的一部书。

所谓《真诰》即是真人诰谕之意。是道教上清派系的经典。上清派认为，兴宁三年，被道教奉为西王母第二十个女儿的紫薇夫人及安妃等众仙，为时任司徒琅琊王舍人的杨羲降授了上清诸经。之所以选择他，是因为他有通灵的本领。由杨君用隶书抄录的经文，之后再传许谧、许翙父子。于是，三君手写的经诀传之江东各地，前后一百五十年之久。期间散佚、烧毁自然在所难免。到了刘宋南齐一朝，有个叫顾欢的道士有心开始收集整理，但已所获甚少。

陶氏的出现直接影响并改变了这个局面。这位生活在南朝齐梁间的南京道士，可是胸怀大志。尽管深受朝廷器重，与梁武帝的交情也非同一般。仍在永明十年上表辞禄，过起了隐居的生活。在江苏句容茅山设下道场，声明“此山下是第八洞宫，名金坛华阳之天，周回一百五十里。昔汉有咸阳三茅君得道来掌此山，故名茅山”。这里所谓的三茅君者，正是杨义与许氏父子。之所以热心搜集三君手书，也正是因为他所依赖的上清经典是由在《真诰》中登场的神仙们传授的。作为日后成就上清茅山宫的开创者，这的确是事关重大。而另一方面，陶氏也颇着迷于三君手书的魅力。毕竟陶氏本人既以书法著名，擅长鉴赏，当年与武帝高谈《乐毅论》，至今仍是佳话。他曾投赋赞叹“又按三君手迹，杨君书最工，不今不古，能大能细，大较虽祖效郗，笔力规矩并于二王。而名不显者，当以地微，兼为二王所抑故也”。不难看出，驱使陶氏搜集诰授记录，不仅有宗教的动机，也包含其在艺术上对前人的仰慕。

其实，在陶氏介入整理前，三君手迹已在民间的传授中处于缺失、散乱的状态，难免混入其他上清派道士的少量伪作。陶氏在最终编撰时，不得不加上许多自己的备注。正如朱越利先生在为日人吉川忠夫、麦谷邦夫校注的《真诰》序文中所言：“《真诰》文本中随处插有注文，这些注文被混入正文系陶所为。至于三君手书或陶注，本有墨、紫、朱大小字区别；今之版本已混，只能靠内容去判别了。”“婴香”二字便是在这种情况下，出现在卷一《运象篇》第一后半章，一段描绘九华真妃降临的文字里，照录于后：

> 兴宁三年，岁在乙丑，六月二十五日夜[此是安妃降事之端]
>
> 紫薇夫人见降，又与一神女俱来，著云锦。上下丹青，腰中绿绣带，人系小余小铃。青黄两相参差。左与玉佩，极小于世间。衣服有光，照朗室内，云髻在顶，又重余发至腰许，整顿绝伦。指着金环，白珠约臂，视之年可十三四许。左右两侍女，十七八许。神女及侍者，颜容莹朗，鲜双人撤如玉。五香馥芬，如烧香婴气者也[香婴者，婴香也。出外国]。

其中“香婴者，婴香也，出外国”即是明代《正统道藏》中的“小字夹注说明”。理论上，应是陶氏所为。换言之，“婴香”二字并非以正文的形式出现。那么，有没有比它更早出现在正文文献中的呢。宋人程泰之在《香说》中言“汉武内传载：西王母降热婴香等品”，表明汉代已有此香，汉武帝时迎接西王母降临熏烧婴香等各香品敬迎。以成书时间论，陶本《真诰》约在梁武帝天监年间，而《汉武内传》一书已有很多学者研究，其中李丰楙《汉武内传研究》一文，最为详尽，并为学界主流观点所许。即成书于上清派经典流行于世之后，或即由王灵期一辈敷衍成文，时间上略早于陶本《真诰》。

今存《汉武内传》，一在《正统道藏》、一在《太平御览》。不过翻阅全文，在提及迎降西王母时，只言燔百合之香，别处也未见“婴香”二字。不知程泰之的转录又依何本而出了。倒是程氏自己在转述后立即表示，对史书中未记载此香而有所怀疑，认为其非汉代所有：“然疑后人为之，汉武奉仙穷极，宫室帷帐器用之丽，汉史备记不遗，若曾创古来有之香，安得不记?”况且汉代道教用香科仪典籍，所记名目虽多，如“返风”、“天宝”、“降真”、“百合”诸品，亦无“婴香”之名。可见程氏纵使转录有误，所疑却非无据。

另一则涉及“婴香”来历的传闻记录于《香谱拾遗》，大意是国家专营香药的船只，在岭南运送杭州都城的途中翻倾，毁失近半，官方索性将剩下的材料混合成一种新香，就地兜售竟广受欢迎。从流行的时间与配香类型两方面，这则记录倒与黄书药方颇能呼应。但关于官方何以取此香名，及它与《真诰》“婴香”的渊源，依然只字未提。

至于被宋人挂在嘴边或写进野史的“婴香”，多半也都是受教于《真诰》；而这类尊仙慕道的传统并非宋人的专利，尤其是文人们对《真诰》的信奉向往，在有唐一代已然是风靡朝野了。如韦应物《休暇东斋》中的“怀仙阅真诰，贻友题幽素”，白居易《味道》中的“七篇真诰论仙事，一卷檀经说佛心”。而唐诗所呈现出的新型“神仙美学”特征，根本上也来自于上清系的影响。《真诰》本身在体裁上就显现出非凡的多样性，大量穿插进行的叙事、诗歌、书信、戏剧化场景，借着奇特的象征和隐喻，在抒发宗教体验之外，也同时在文学性上表现出一种属于修道者个人乌托邦式的风格。其飘逸浪漫、宁静和愉悦，与魏晋游仙诗以来的神仙美学几乎一脉相承。这种与唐人审美取向上的契合，当然也促进了神仙思想与意趣进入士人的精神生活，使《真诰》广为流行。宋人也无非是循其旧习而已。

这样一来，在没有发现更新的证据前，把“婴香”二字最早的出现归在《真诰》，大概已无问题。至于此处“婴香”到底确指何物，它与黄书《药方帖》所记“婴香”是否同为一物，仍是值得商榷。

一、陶本“婴香”是为解释正文“如烧香婴气者”而作的小字说明；而此句本身就是一句形容，形容前一句仙女身上的芳香。即文中所述的“五香馥芳”。关于“五香”，日人麦谷邦夫校注的《真诰》中考订为“青木香”，理由是另一部道教名著《云笈七签》里的《沐浴》篇提及“沐浴者，青木香也。青木莘叶五节，五五相结，故辟恶气，检魂魄，制鬼烟，致灵迹。以其有五五之节，所以为益于人耶。此香多生沧浪之东，故东方之神人名之为青木香焉”。这一引证似乎欠周密。其一从定义上，道教的“五香”不只这一解；《沐浴身心经》称“五香者，一者白芷，能去三尸，二者桃皮，能辟邪气，三者柏叶，能降真仙，四者零陵，能集灵圣，五者青木香，能消秽召真”。另外《三皇经》、《太上七晨素经》也大致同义。自古道教科仪里，用香修行指的一是焚香，一是香汤沐浴；调配各种芬芳香料的温热洗澡水，借洗涤身垢，以洁净内心。一般多用五种香料配合。五香也并不专指特定的五种，更不会单用其中备选的青木香来独占群芳。道教如此，同时期宫廷内的香汤沐浴也是如此；用复合香料来煮水比起单一的用材，更是一种常态。其二从逻辑上，如果“五香”真是青木香，那么这种单一香木的气味，无论是相比树脂类香料的浓郁，还是复合类混合芳香的丰富，都确是乏善可陈的；回到文本中用以渲染神仙世界的环境与语境，定义为单一香木也略显单薄。而以教徒们对此香的普遍熟悉程度，再附着一句语义含糊的形容，未免画蛇添足之嫌。

二、在陶本《真诰》之前，道教典籍中未见“婴香”之名，即便此书也仅以小字注解出现一次。可见此香当不是道教传统用香。正如注中所称“出外国”，看来是一冷僻之香料。否则，如前例“五香馥芳”中的“五香”又何等抽象，亦不加解释，显然早已是教内共识。真因冷僻，才令陶氏多费笔墨，另加备注，而且又言之不详。

三、假设五香馥芳中的“五香”是五种香料的复合，那么它的气味在升温的过程中一定较单一的香料层次丰富，甚至复杂。如果另要用一种单一的香材的气味去比拟它，而这一香材又是众人陌生的，不但有悖自然，于情于理也说不大通。除非，陶注“婴香”根本就是一款合香。埃及考古出土的实例足以说明外国混合香料的制作历史也很久远，而彼时作为最早传入的国外合香之苏合香，也已在广泛使用；虽然与中国合香在取材与配伍理论上，乃至制成工艺上并不完全一样，至少类型一致。如果真是如此，陶氏岂不是连复合香与单一香都不能辨别。当然，这种可能性不会存在。道教最讲配伍，陶氏专著等身又怎能误判。

四、黄庭坚所书《药方帖》包含香料十几味，各香还需不同的炮制方法，显然是一张复合的合香配方。假使断定陶本“婴香”并非合香，那么黄书《制婴香方》或许另藏名堂。再以《真诰》“婴香”同物论处，就难免有名无实了。

五、还有一个辅助的细节，可供玩味。即苏轼对“婴香”气味的感受，言其：“温成皇后阁中香，用松子膜、荔枝皮、苦练花之类，沉檀、龙麝皆不用。或以此香遗余，虽诚有思致，然终不如婴香之酷烈。”让人确信，即使同名，亦不可能同味。香气是神仙的一个“仙格”标志，举凡神仙降临、凡人升仙，都是先兆和氛围的预示。尤其是女仙，几乎与香气相伴不可或离；那么以苏轼描绘之气来形容《真诰》里出场的仙女，显然是仙气尽失了。不过，这却是提供了几许想

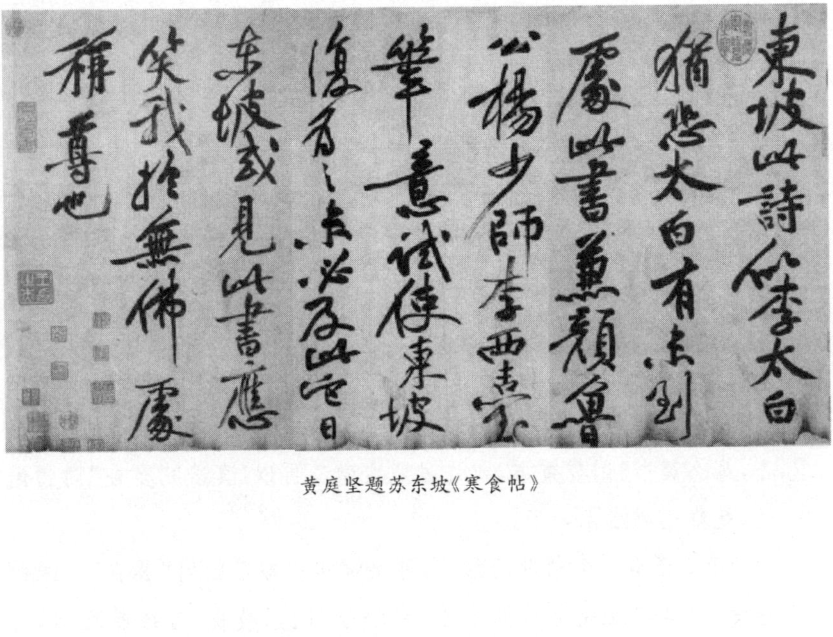
東坡此詩似李太白
猶恐太白有未到
處此書兼顔魯
公楊少師李西臺
筆意試使東坡
復爲之未必及此它日
東坡或見此書應
笑我於無佛處
稱尊也

黄庭坚题苏东坡《寒食帖》

象。说不定，诗人黄庭坚正是接受了来自好友的反馈，对“婴香”方作了调整，删去了《陈氏香谱》同名香方里，那一味气味较辛膻的檀香。尽管，道教侍仙并不刻意禁檀。而此时，苏轼正好在京，与山谷往来最密，彼此唱和之诗多达三十五题，其中的确不乏悟香之语。

历史总喜欢给后人出点难题，其实又何妨让这位痴香的诗人在人间传下一纸与香有关的墨迹，与后人共风月之雅；比起北宋书坛的热闹喧哗，“婴香”的处境显然是清寂的，这倒也符合道家旨趣，远离世俗、远离尘嚣；既若此，还是不宜打扰为好。

《听琴图》遐想

中国古代的人物画素来有写实记事的功能，其中佳作如《虢国夫人游春图》、《韩熙载夜宴图》都是典范。宋人的《听琴图》也是这一类的代表。但不同之处在于，《听琴图》在写实记事之外，还能借历史的暗讽凭吊出些许人性的思索，倒是别具意味了。

凡是编刊中国古代名画，《听琴图》总是在选的。之所以重要是因为画的作者是中国的皇帝宋徽宗。尽管关于是否徽宗亲笔的争论数十年未有定论。以谢稚柳先生为代表的学者，认为不但不是赵佶的真迹，甚至称不上“代笔”，也即是画院中画师所为。徽宗签上名字，拟为己作。

不同的论见中，其实也透露出一些相同的事实。比如，此画确系宋人所画；比如，此画经过徽宗的认可。如果依照谢稚柳先生的判断签字还是出自赵佶本人。那么，事情就不仅仅是徽宗认可，可能还是非常喜欢和欣赏的，毕竟这不是一份奏章，并不需要皇帝履行公务上的程序。此外，这幅画的出名，还在于画中颇供谈资的人物关系。虽然也多是后人的揣测，却由此平添了弦外之音。

近观画面，三主一辅的人物布局，构成一种尊卑有度的造型关系。中间一人抚琴，左右各一名听众，外加一名书童。抚琴者缁衣束冠、清气袭人，眉宇间风神俊雅，显现出不同一般的富贵；右坐者纱帽红袍，俯首侧身，一手反支石墩，一手持扇按膝，似乎早已陶醉在琴声之中；左坐者纱帽绿袍，交手抬头，神游远方，若有所思。站在一旁的书童，俨然一派

宋徽宗《听琴图》

恭敬虔诚的模样。四人表情各具。

再看人物之外，抚琴者身后一株凌霄缠绕于青松之上，全然应了放翁诗里“庭中青松四无邻，凌霄百尺依松身”的写照。旁绘数竿小竹，左右摇曳，似微风拂过。琴桌一侧安排着一张高几、一炉燃起的香烟。然后，在画面的最前方，安置一方专供盆景的奇石。严格说，景物并不算多，但细细一想，均是平常人家的稀见之物。

清人胡敬在《西清札记》中提出此画中人是徽宗，红衣人是蔡京。后世大多也沿用此说。今天看来，这样的推测大约来自两个方面。一是画中的线索，画心右上方徽宗的三个题字、左下方“天下一人”的皇帝手押，以及正上方蔡京署名的题诗；另一方面大概来源于文史掌故，进而推论出绿衣人是童贯。虽然，历代鉴定家都否认此画既非出自赵佶，也不认可蔡京的笔迹，理由之一就是大臣无论如何也不敢在皇上御笔上方正中题诗。相较之下，如果抛开迷信画中消息的真真假假，从历史的角度还原一个可能出现的情景，这样的假设还是有它的合理性。

我反而认为这幅画的价值，恰恰不在于君臣间笔墨的真伪，而是写实主义对历史的真实刻画。这其中，堪称点睛之笔的或许正是那一炉不露声色的袅袅香烟。

综观数百年来的史论，这三位君臣的口碑都不怎么响亮。评论家笔下大概从来没少过昏君、奸相、权臣一类的用词。而能把这样三个充满负面形象的人物，集中表现在如此格调高雅的环境之中，在中国绘画史上大概也是少见。

促使这三人在真实的历史中走在一起的关键人物，表面上看当然是童贯，而背后的渊源，还应归功于蔡京在书法上的天分。当年王安石变法失败，蔡氏日子也不好过，一时投靠无门，遂以蔡襄族弟的声名自居。其时，“苏、黄、米、蔡”名震天下，纵使二蔡并无真正的族亲关系，但蔡襄已故，无从对质，多少也是一个抬高身价的方法。出人意料的是，蔡氏本

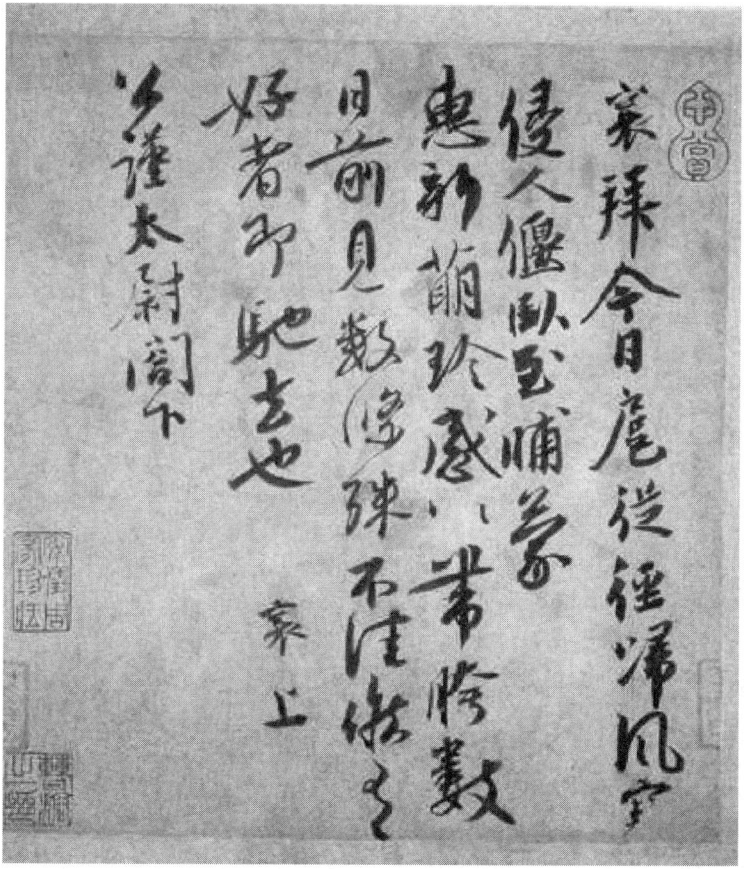

蔡襄《扈从帖》

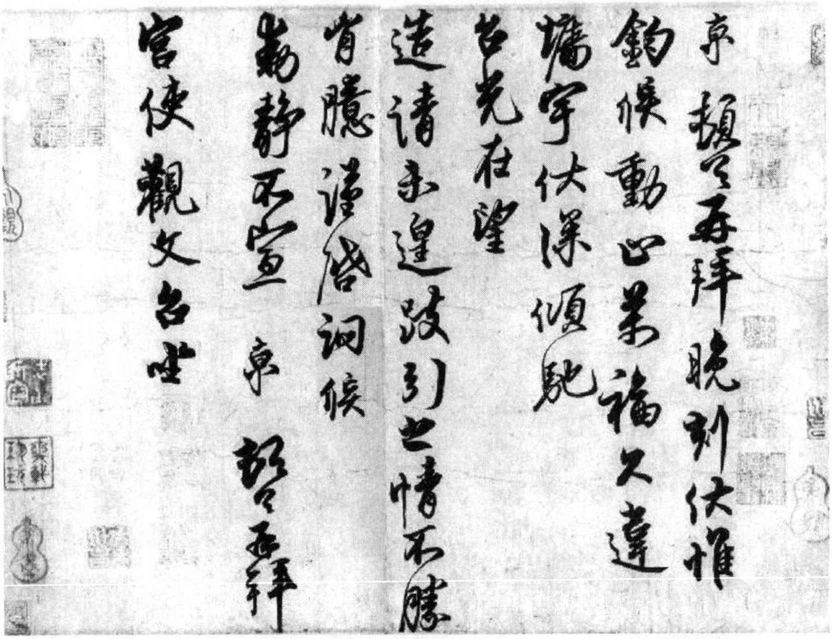

蔡京《宫使帖》

人的书法造诣并不在蔡襄之下。史传连见过其字的米芾都自叹弗如。这大概是谦虚之辞，但也可见蔡氏在艺术上夺人的才气。很快，蔡氏在书法上的名声超过了当初用来借尸还魂的蔡襄。在代理户部尚书期间，蔡氏写赠同僚的扇面，竟然转卖到了皇亲手里；而这位出手阔绰的人物正是尚未登基的徽宗赵佶。之后，赵佶即位，童贯受命赴杭州搜罗奇珍，遇蔡氏相托再谋高位，二人一拍即合。经过一番引荐，心慕已久的君臣终于坐在一起，谈起昔日购扇之缘，更觉相见恨晚。不出数年，蔡京从尚书之位，一越而为副相、右相，次年再升左相。为报举荐之恩，蔡氏又力助童贯从监军步步擢升至领枢密院事。此时，二人已各居要职，互相支撑，把持朝政于股掌之间。

再看蔡氏与徽宗，自从结为儿女亲家，彼此的关系更是非同一般。据传，蔡氏长子蔡攸为取悦徽宗，可以在其面前穿戏衣，抹青红，伏杂侏儒。并怂恿曰“人主当以四海为家，太平为娱，岁月能几何？且徒自劳苦？”徽宗竟纳其言，微服行都市妓馆酒肆。攸每每事先为其安排妓院女子。

由此可见，不论在朝政上，抑或是个人生活，徽宗对于蔡氏早已是朝夕托付了。更何况二人还有在艺术创作与精神交往上的共鸣。随着梳理完这层层背景，再来审视这一幅画，让人多了几分理由相信，这并不全然是凭空虚构的一幕。对热衷于艺术，神游于精神世界的帝王而言，臣子们可以做的最体贴入微的事，大概莫过于安排一出高贵而体面的文娱活动。并能让君王参与其间、释怀其中，这种事情直到今天，在各色行当里都仍是下属们很熟悉的献殷勤模式，当然也是饭后津津乐道的佐食，不是么！这幅《听琴图》也许就是出于蔡、童两位臣工的精心安排。

且看乔伊先生在其撰写的《中国名画》一书中，提出他对细节的观察时说：“画中器物不多，如高几、香炉、所坐奇石上垫着的兽皮等，却都是平常人家少有之物。三人所坐奇石，让人想起元人王恽所谓宋徽宗‘花石纲船垫九州'的诗句;徽宗玩石,蔡京当上宰相后第三年就在江浙一带为其搜罗奇花异石。'纲'在当时指的是成批运送的货物。'花石纲'本意是运送奇花异石,每十艘为一纲,称'花石纲'。于是全国上下希望加官进爵者,费尽心计,各地进贡者持续二十余年。据说最贵的一块奇石,光运费就相当于一万户普通人家一年的收入。从这样一些细节将画中人物的雍容华贵暗示出来。"其实,除了奇石,那高几、那香炉都很见主事者的用心和功力。

依扬之水先生在《明式家具之前》的《唐宋时代的床和桌》一文里的考证,这画里的高几叫"鹤膝桌"。并说这种小而轻便的高桌,其使用可以作为一个例子,反映由席坐向高坐具过渡中家具有无固定位置的变化。其名称当是取鹤膝竹的形象来形容中间突起若竹节的桌子腿。并考证这种家具的形象在五代绘画中就已出现,当然也包括这幅宋人的《听琴图》。它的特色就在于灵活陈设,室内室外,可依所需纵横布置。把它放在这样的庭院里自然是很合适的。而它的高度与琴桌几乎持平,这样加上香炉的高度,就利于香气弥绕于抚琴者周围。

至于这只香炉造型也值得考察。这种不同于宋代以后扁圆造型的器型俗称高足炉,主要盛行于五代与两宋;烧制上又以白瓷、青瓷居多。早期的多装饰宗教题材的莲瓣纹;或直接取用莲瓣作造型,如湖南当阳玉泉铁塔塔基及地宫清理出土的北宋仁宗嘉祐年间的青白瓷炉;之后也有简化成U字形设计的器身,炉口又分折沿式与宽平出沿式;代表器物曾发现于安徽巢湖无为县徽宗大观本朝三年的宋代石室墓,而画里的炉型基本接近此型。不同的是,大部分高足炉都是圈足,即底部呈圆平状。到了元以后三足炉才开始逐渐多起来,而画里的造型不仅是三足而且还是桥型拱状的,颇为特殊;加上器身装饰的极似水波或鱼鳞的图样,有一种静中喻动,仿佛要与升起的烟波呼应之感。器口是不见折沿的直口,是否另有配盖就无法妄测了,总之,视觉上是别致的。

宋徽宗《听琴图》(局部)

以蔡氏的权力，及之前置办“花石纲”时的经验，是完全可以安排宫中名匠定烧一些新品，供奉人主试用。而蔡氏于香事一门恰恰又是行家里手。这当然也脱离不了整个时代的风气。尤其有宋一代，朝野上下醉心香事者比比皆是。蔡氏也多乐此不疲，且花样叠出。著名的旧闻言其每次焚香，先命丫鬟关闭门窗，用数十樽香炉在室内焚熏香料，等香烟充满整个房间，猛然卷起正北方的帘子，一时间香气蓬勃如雾，缭绕庭际之间，来客无不惊叹。事后各自回府竟“衣冠芳华，数日不歇”。可见他不仅不是局外人，反而深谙此中三昧。从画中的香炉即可知，这是善于用炉者的精心挑选。之所以选高足，其作用就是考虑到了室外，用深腹的器型可以防风。视画中人装束，又值灵霄当季，大约是初夏时节，尚未酷暑；鹤膝桌上飘闪的烟气，以及左右摇曳的翠竹，都显现出微风拂过的迹象。徽宗本人也曾为官库遗香赐名，后人揣测这种被命名为古龙涎的香，大概是徽宗很喜欢的香；不过容易造成误会的是，这并不是指作为原料的龙涎香，而是一种香的名字。纯粹的龙涎香料很少拿来直接燃烧，其主要功能是充当合香配方中的凝烟剂。而被冠以龙涎香名的香方多至二十种，绝大部分与其无关。这些经炼蜜或皂儿水调和的香料，被放入模子脱花、阴干，然后在隔火片上慢火衬烧，香气四溢却不见烟。从画面中所见，数尺之外，冉冉的烟雾，大致可以推测当时焚烧的已由香丸、香饼一类的软香改为混合的香粉，或干脆采用天然的香材。而这一对香料形式的选择，也体现出主事者在室外大尺度空间，如何调和风速、器具、燃烧形态，以及气味在挥发过程中的停留时间、传递距离等诸多细节处，都作了周全的考虑。由此推及画中的每一件器物，甚至包括听琴的地点、出席的人数、人物的着装，大致也都在事先经过了严密的思考。这么多能经受推论的安排，足以让人怀疑，这样的画面绝非是某一位画师事后的信笔想象，而画面里的布景、造境也自然不可能是某位代笔者的当行本色。所有这一切都好像需要一位导演来安排，只有他知道如何去营造一个格调脱俗，并能深得君心的氛围。而这样的人选，恐怕非蔡氏莫属了。

如果这幅是现场的写真，蔡氏脸上略带满足与放松的表情，大概已然说明这场安排是功德圆满了。三位君臣在画师的笔端，被一一美化。这和真实历史中的人物形成了有趣的反差。但又为何不可以尝试着想象，乃至接受，人都有向善的一面。在那样一种抚琴焚香的情景中，君臣都放下了世俗世界里，荒诞不经、言不由衷、居心叵测的那一面。由着净洁的琴音作一番洗涤，而臭味相投这样习以为常的描述，也可以借这眼前的一炉芳香，吹它个烟消云散。这时候，与其再去揣度作画者的身份，莫不如相信它就是九百年前真实的一幕。

宋代香铺

把香从香药的范畴中独立出来，进行专门的买卖，这样的店习惯上被称作“香铺”。而以图像方式描绘，并用明确的文字标示出来的物证，距今最早的当属北宋张择端的《清明上河图》。

画卷是从右往左看的，在临近尾声不远时出现一处街角的店铺，其店招上清楚地书写九个大字“刘家上色沉檀拣香铺”。至于到底是干什么的，对于今天的读者还是有些含混。相较画中酒店、茶肆、看卦、说书等等百姓喜闻乐见的生活内容，这样的店铺还的确透着那么点陌生。另外，这家店铺的位置及所处的环境也颇别样。与画卷别处人车喧哗的热闹场面比起来，显然清净了许多，街面也似乎宽敞不少。从路人的服饰仪容看，多了些身份显赫的人士。其中一位骑马的官员，前后簇拥九名家仆随行。这在当时的汴京，由于经济繁华，商人都把店铺拥向路中，以致街道逼仄，连帝王出行都需节减仪仗的年代，可谓声势浩大了。

此外，还有身着长袍的文人、云游的僧人，有些正在窃窃私语。类似仰慕世外、结交名僧的行径在当时时髦的士子官僚间倒也早已蔚然成风，不足为怪。香铺的周围除了一家标记“久住王员外家”的旅店，最近的两处店铺都与医药相关；一家在对街标记“杨大夫应症”，一家在西大街沿路标记“赵太丞家”，还立着“治酒所伤真方集香丸”的招牌。“大夫”与“太丞”都是医官的职级，而且地位都颇高。按宋代制度，医官在处于虚职时，可以自行营业。这些细节也表明了香铺在经营的属性上与周遭

张择端《清明上河图》局部

张择端《清明上河图》局部

商业形态的关联性。但与门庭若市的同行比起来，香铺的门前又显得寂寞、冷清了不少。看来，要了解这家香铺的行为，就不能不提及香药在整个宋代社会中扮演的角色。

大概三十年前，林天蔚先生在其关于宋代香药贸易的专著中就先对香药的定义作了梳理。将它归纳为两种：一种是可食用的香料，如胡椒、豆蔻，西语称 Spice；一种是专供化妆或药用的称 Perfume；后者多是植物、动物油脂所提炼，在用途上远较前者广泛，在贸易上也较为重要，所以林著考察的香药专指 Perfume。而细阅中国典籍文学上所谓的香，从《尚书》的“至治馨香，感于神明”、《左传》的“兰有国香”，再检《毛诗》、《国语》，乃至《说文》里的“香，芳也”也都是后者之意。由于香料的香气，有强弱之分，比如麝香，放一小片于精密的天平盘中，在他盘加砝码，使之平衡，放室内数日，则空气里充满麝香的特殊气味，而天平依然保持平衡，其香气之强烈，自可想见；其弱者，如鸢尾根油，若不凑近嗅之，不易觉其香气。科目庞大的香料中，大约龙涎香、龙脑、乳香、沉香、丁香等香气最浓，所以贸易上亦最为重要，价值也愈昂贵。宋代的香药贸易，也颇以此数种最为重要。

基于香药多是热带的花木或动物油所提炼，所以其产地以热带为主。国外部分，一是阿拉伯沿岸，包括伊朗、印度；二是中南半岛，及印尼、婆罗洲一带。在世界历史上，又以亚洲的香药最为著名，产量亦多。在地域上一部分就是印度以西的阿拉伯海沿线，其次就是印度以东。中国南海诸地虽也出产品质上佳的香材，但产量甚少，所以论及香药贸易，主要是专指与上述海外两大地带的贸易往来。

而大宋立国，对外贸易，尤其是继唐以来的海上贸易尤为发达。负责管理的唯一机关市舶司，对中央财政不仅职责重大，贡献也是蔚为大观。在源源不断输入的舶来品中，又以香药为收入中最大宗的物品之一。据检史料，在太宗、真宗两朝，香药一项的收入约占全国总收入的五十分之一至三十分之一，到了仁宗、神宗时期，王安石变法专攻理财，使国家财政短期增多，以致香药所占比例有所降低；但渡江以后，国势日蹙，收入锐减，香药再度回涨，于是比例再次增高，建炎、绍兴年间，一度竟占全国总收入的十分之一，成为宋代三百年里史无前例的现象。而这种趋势即使到了高宗、孝宗时代，仍维持在二十分之一上下。综观有宋一代的前后反差，究其原因还应归咎于国力的荣衰。经过北宋的一百七十年，用香已成习惯，即便幅员日蹙、物价日增，又怎能轻易弃之。

既然香药的兴衰如此举足轻重，政府在贸易初始便采取了统一售买的方式。同时，因为国朝铜矿产量欠丰，自唐以来对外贸易昌盛，铜钱已不堪负担市场应用，北宋建国初期，政府又急需增加收入，进而对获利甚厚的香药一项先后采取了禁榷与博买的制度。禁榷也就是管制，博买则是以香药博易物品。由市舶司抽解及和买所得的香药，除一部分供应朝廷使用外，大部分再由政府出面用以物易物的方式向民间购买国家所需物资，或当作货币使用。当然，这种博易都是以实用为原则，主要是粮草，尤其沿边地区需要军粮。商人也可以输粮于边，另向政府领回香药，这等记录北宋尤多。其实，博买与禁榷有时是相关的。因物品稀少才博买；既然博买，该物品也可能禁榷。至迟在南宋，许多香药，包括价值较低的也都在榷，一律“发赴行在送纳”，当然是禁榷的意思，不准私自买卖了。

至于日常的管理和储销，就要靠太府寺，具体执行的则是其下属的香药库、内藏库，及一些规模并不大的寄椿库、左藏库；再则就是京师最大的销售机构榷货场。除却这些政府机关，民间售卖的商铺也很多。如孟元老《东京梦华录》卷三[相国寺内百姓交易]条内，有[诸路散任官吏士物香药之类]的记载。这些香药可能是任职闽广的官吏，在任时带回于此出售；又卷三[马行街北诸医铺]条，有[香药铺席]，此外潘楼街的鹰店还有许多铺席，东华门外也有李家香铺。这些香药多用作医药，其来源则可能是自政府各场务购回。由此不难看出，出现在《清明上河图》里的一应相关店铺，或多或少与政府的这些管销机构有着紧密的关系。

作为北宋之都的汴梁，理所当然地成为国家香药专卖的集中之所。尽管阿拉伯及南海各国的香药番货运抵中国后，先集中在广州，再陆路至江西的赣县，最后才漕运进京。由此，也造就了汴梁和广州作为当时二大香药贸易市场不可撼动的地位。一如全汉升先生在关于北宋汴梁输出入贸易的描述："外国也是汴梁输入商品的来源，这些以奢侈品为多，产于大食等海外国家的香药、珍珠、犀角、象牙、玻璃、珍鸟等物，大部分由广州转贩而来，其中一小部分也由明州等港口输入。"大量囤积在京在香药，随后层层分销各地，同时也催生了许多新兴的香药铺子。

回看画卷中身处汴京要地的"刘家上色沉檀拣香铺"，就有可能是以博买方式，获取这些来自异域的珍贵物品，转而抛售牟利的行业。店招上的"沉檀拣香"，自然都是进口的名贵香材。与今天散布在庙宇周围的那些出售香烛和祭品的宗教性香店不同，当时的香铺主要供应的是满足于生活享受、愉悦身心的各类芳香用品；其中既有未经加工的珍贵原料，也有花样层出的衍生产品，如适合于闺阁中熏烤的香丸香饼、便于出行随身佩带的软香，同时经由合香与蒸馏技术的发展，有些香铺在属性上也已兼顾起香粉铺的角色，提供女性化妆所需的香泽、香粉、香水，乃至口脂一类的物品。而沉檀拣这些香材正是调制这些香物不可或缺的高档原料。这块店招上的"沉檀"二字比较容易理解，即是两宋盛行的沉香和檀香。"拣香"一词，见于宋人叶庭珪的《名香谱》及陈敬的《陈氏香谱》，虽然说法上略有出入，但都是指圆大如滴乳之上等乳香的别名；接着解释其次为瓶香，因采收时置于瓶中，又次是袋香，采收时只放入袋中，又次是乳塌，因在船运中溶塌在地上杂入了沙石等等。可见品质的高低跟采摘的方式紧密相关。用"拣"字概括其精良之意，亦不算过分。

至于"沉檀拣"三字的排序，理应是经过一番考虑。毕竟沉香的结香方式远较后两者复杂和偶然，产量上同样稀缺如金。加之宋人对气味的审美，于唐代的香艳浓烈后为之一变而崇尚清微淡远，沉香之起可谓后来居上。如再以店招上所书“上色”两字推测，其时优等的沉香大概莫过于岭南一带的产物了。而此时，在宫中盛行的龙涎香，其配方中最不能或缺的用料就是沉檀，然后再配以乳香、麝香及龙脑等物；互赠上等的香药已被视作一种隆重的礼节。如大臣遇特殊庆贺，也选它上贡，以《武林旧事》记，绍兴二十一年，高宗幸清河郡王张俊第，所供物品七大类共计三十样，大部分为香药制成的物品，或香药。帝王赏赐群臣的就更多了。朝廷如此，民间也不必说了。

为了满足不同阶层的需要，“刘家上色沉檀拣香铺”所售商品可能也颇丰富。不仅有沉檀拣这些上等精选的香料本身，理论上也会考虑用这些原料配方调和而成的合香。日本佐伯文库所藏宋拓画帖《华严经入法界品善财参问变相经》的相关名物考证一文，扬之水先生对第二十七幅中二名男子碾磨香料工序，及第十八幅“普眼长者”以合香为喻开示善财童子等画面，进行了分析，推论在宋代合香的使用，已是贯穿于人们的日常生活，从皇室贵胄到仕宦乡绅乃至市民，不同只在于使用的数量与品质，不必说，合香的制作与买卖自然也是兴盛的。而这一幅男子碾香的场景，或许也发生在“刘家上色沉檀拣香铺”的后院。在传统的手工行业，这类前店后工厂的经营模式，其实直到上个世纪七八十年代，在不少大城市还能看见。

画卷中的香铺毕竟只是一角，清冷的门市仿佛想暗示着什么。或许来往此店的官人们起得都晚，或许昔日的繁华早已不再。画家是客观的，也是主观的。明代的詹景凤与董其昌都曾质疑张择端此画是绘于南宋，创作动机当然是属于遗民怀旧一类。而此时，北方早沦金人之手，临安与泉州也代替了汴梁与广州，成为新兴的香药重镇。大宋的子民们正在经历着前所未有的气候变迁。即使在遥远的临安也那么寒冷，此时，抚摸一下前朝，何尝不是温暖的梦忆。

宋拓画帖《华严经入法界品善财参问变相经》第二十七幅

宋拓画帖《华严经入法界品善财参问变相经》第十八幅

乱世好香

距离洛阳1 200公里，地处甘肃通渭县城西的榜罗镇，人口大约四千户，南北不过30公里，实在是一个名副其实的西北小镇。除了近代曾是红色政权的战略要地，历史上少有可称颂的古迹，也无甚可观的名胜；从公元前十世纪到现在，惟独还被世人传诵的，就属中国文学史上的那两位恩爱的诗人秦嘉和徐淑了。

他们是夫妇，生活在东汉桓帝时代，民间对他们可羡复可哀的身世，早已乡野尽知，而《后汉书》却一字未传。后人也只能从传世的旁人文集，以及夫妇互赠的诗信中了解他们。

丈夫秦嘉时任郡上掾，奉命赴京师上计，想到这一去千里，不知归期何日，多么希望在行前见妻子一面，以叙离别之情；而此时，妻子因病回了娘家，正卧养在床；拆阅丈夫的来信，也多想赶去相送，倾诉相思之苦；几次翻身欲起，却又瘫软无力，那种自责旁人又怎能体会，只能回书以表歉意；读罢妻书，丈夫更是思绪万千，又修书一封倾吐关爱之意，妻子又复回信。抵京后，秦嘉被留任黄门郎，竟无暇再返故里；数年后，卒于津乡亭。

两位南朝人先后把他们的诗纳入各自的文集。前者是梁人钟嵘的《诗品》，他从诗歌成就的角度，把秦徐的诗排在中品，言其："士会夫妻事即可伤，文亦凄怨。"又称："二汉为五言者，不过数家，而妇人居二，徐淑叙别之作，亚于《团扇》矣。"意思是说妻子回赠丈夫的离别诗，仅仅在西汉班婕妤的《纨扇诗》之后，这样的评价是很高的。后者陈人徐陵的《玉台新咏》是一部专写闺情、以宫体诗为主的诗歌总集，自然也少不了把二人的赠答诗编选在内。

诗歌外，另有四封往来的书信，被较完整地收录在唐代欧阳询的《艺文类聚》里。而第二次的两封往返书，巨细靡遗地展示了丈夫所赠之物与赠物的意图，当然还有妻子对这些物品的反应，摘录于后：

嘉重报妻书

车还空反，甚失所望，兼叙远别，恨恨之情，顾有怅然，问得此镜，既明且好，形观文彩，世所希有，意甚爱之，故以相与，并宝钗一双，好香四种，素琴一张，常所自弹也。明镜可以鉴形，宝钗可以耀首，芳香可以馥身，素琴可以娱身。

妻又报嘉书

即惠音令，兼赐诸物。厚顾殷勤，出于非望。镜有文彩之丽，钗有殊异之观。芳香既珍，素琴益好……昔日诗人有飞蓬之感，婕好有谁荣之叹。素琴之作，当须君归。明镜之鉴，当待君还。未奉光仪，则宝钗不列也。未待帷帐，则芳香不发也。

从信中所述的赠物来看，与今日之生活大致也没什么两样；妆扮、自娱对于独守空房的女性，不论在哪个年代无疑都是需要的。其中提到了好香四种，这可能是涉及中国古代夫妻话别最早出现的赠香实例。香在这里，显然已不再是形而上的象征，而确确实实地指向具有经济价值的实物。这又不禁让人想起同时代的另一位诗人，那位在政治与军事上同样气魄宏伟的魏武帝曹操。汉末曹操当政之初，勤俭治国"权抑豪强、整肃政风"，但也难以压制当时贵族用香的奢侈风气。《三国志》记述此事时说"魏武令云：昔天下初定，吾便禁家内不得香熏，后诸女配国家为其香，因此得烧香。吾不好烧香，恨不遂所禁，今复禁不得烧香，其以香藏衣著身亦不得"，由此可见一斑；而同书又记"魏王操，临终遗令曰：余香

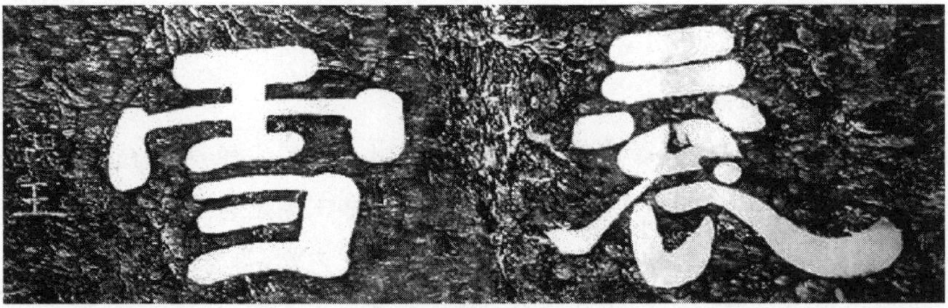

曹操手书汉中河崖石刻“衮雪”，署名“魏王”

可分与诸夫人……”虽然一封是家书，一封是遗嘱，但均可以看出香作为物品的贵重程度。至少，除却禁香的态度如何如何坚决，曹操家中始终是存放有不少值钱的香料，而且在当时肯定是一笔不小的财富，否则在遗嘱中就没必要去提它了。这余香当然也是好香。至于汉代的好香究竟是何概念，以经验而论，大概不外乎量少、价昂、气味特殊，这些古今相同的标准了，还有一个重要的前提是出自国外，以当时流风所及，崇尚异国依然是汉人的普遍心理，这点也是古今一致。当然，两汉的好香也不是一成不变的。

长沙西汉马王堆一号墓中，不但出土了全套的熏炉和香笼，还残存未焚尽的茅香炭状根茎；同墓出土的帛书上，也著录了这些香料的名称如：思(蕙字的异体)、高良姜、辛夷等。所以，在西汉，产于西域和岭南的异国香料，还没有大量进入中原以前，中国贵族的熏香，主要还都是各种干燥的香草、香花、香药为基本原料，再磨成细粉调以牛脂香膏后，用来焚烧或沐浴。按刘良佑先生的考证，像乳香、龙涎、麝香、沉香这等珍贵的香料纵使有传入的可能，但最多也只能出现在统治阶级中，平民百姓和一般的贵族官员，是较难享用到的，其价格一定也极其昂贵，决不是有钱随处可买的奢侈品。

这种情况随着汉朝版图的扩大、邻国朝贡的增多，以及外来贸易的加强，到了东汉至魏晋，大致是改善得差不多了。万震的《南方异物志》、郭义恭的《广志》都专门记载了当时常见的香料共计二十四种之多，除了极少的本土原料，几乎均来自国外，比如：郁金、鸡舌、苏合、迷迭；南方诸香，如青木、麝香也被大量应用于生活之中。

回身来看《重报妻书》的四种好香，即使不及魏王的遗产贵重，似乎也便宜不到哪里去。正如信里所及，这四种好香是与明镜、宝钗、素琴相提并论，而所谓的“明镜”在丈夫口中不仅“形观文彩”，更是“当世希有”；宝钗一双，也是“贾直千金”。据丁邦友先生对汉代物价的研究，东汉的物价整体上高于西汉。铜器的价格每斤最少也需 60 钱，相当于官府发放劳役一个月的伙食标准。《史记·货殖列传》记录的一件带有铭文的“永元宜衣熨斗”重三斤，直四百，换算成的铜价已是 133 钱一斤；而值四百则等同于当时一名普通城镇人员最低的月入报酬。相较熨斗这等普通的日常用具，秦嘉所赠的“明镜”、“宝钗”的确是价值可观的。依此标准，这四种好香，理论上，也应多半不是随手可获的寻常之物。以秦嘉当时的身份，置办这些事情，倒也不是难事。

上计吏是负责地方审计的职官，上计掾则是他们的主管。按汉制，各郡县需于年末上计中央，由郡守派遣专吏，即上计吏与上计掾共负本郡对中央的审计工作。虽然官职不高，却地位特殊。由于上计事关国家大政，统治者无不重视。而计吏们熟知本郡民情政绩，不仅代表地方备询政俗，还能为朝廷掌握各地动态，据以考核地方官员的“政令得失”输送真情实报；另外又负上承下宣之重任，自然也是地方郡守不敢怠慢的对象。连大名鼎鼎的三国名将司马懿都曾甘当此任，可想而知，这样的官在当地是很有一套人情世故的，平时领受些孝敬也在情理之中。日子久了，生活自然无忧，手眼自然通天。而且从迁任黄门郎一事看，如不是对上应对有方，深受赏识，又怎能晋升皇帝近臣，为其传达诏令。比起采买好香这类的事，就更不在话下了，只要肯召唤，效力者当是不乏其人的。

时至今日，已无法确知四种好香究竟是哪些了。不过，从丈夫赠香的意图、妻子的生活以及当时风行的名物，或许可以试作一点假设。假设前有一个细节很重要，因为香料这种东西跟重量的关系较为紧密，不仅是计价的依据，也是用量的参考。《俄藏敦煌文献》敦煌号第 12213 号《后汉秦嘉徐淑夫妇报答书》，出自敦煌藏经洞，是北朝手写抄卷，将其与存世的晋、唐时期著作比较，多出 150 字，显然后世的刻本是脱漏较多的；敦煌本在描述“好香”时，增加了四个字“种各一斤”，这就为推测提供

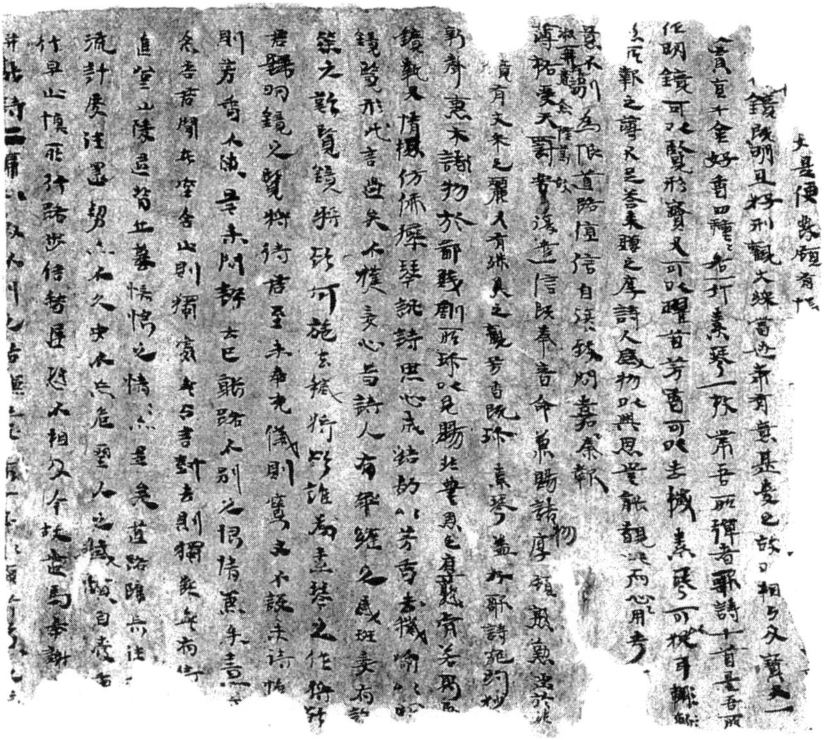

北朝手写抄卷《后汉秦嘉徐淑夫妻往返书》 出自敦煌藏经洞

了进一步的讯息。东汉的一斤为十六两，远多于今天的计量。但真正的多与少，仍取决于具体的香料及其对应的使用功能上。综合敦煌本与各类刻本，丈夫在提及赠香的用意时，明确指的是“去秽”与“馥身”，这显然是用香的主要目的，也就是“洗涤身垢，通体香洁”的意思。毕竟，这次的赠别是匆忙的，否则不会连抽空看一眼妻子的时间都没有；当然，这次的赠别，也是暂时的，在丈夫心里他又何曾预料会一去不返。在设定这份购香清单时，不排除丈夫是在顾及妻子卧病的现状和她日常的偏好后，作出了一时的考虑；这四种好香，既是精神上的安慰，更多的也是实际生活所需。要达到这个目的，办法也是多样的，比如沐浴、比如熏衣。所选的香料也应具备这些功能，综合这些因素，现将几种可能性较大的香料拣选如下：

一、郁金

原产地中海南北沿岸及中亚、西亚，十六世纪传入欧洲；西汉时从印度北部、克什米尔一带传入中国。这种香料，在古代文献中长期被误以为是百合科的郁金香花，也常常与先秦时用来增加酒香的本土药材混为一谈。比较可靠的说法来自于美国人谢弗在《唐代的外来文明》一书中的考证，指其常为藏红花所混淆。名医王肯堂《笔尘》中所记郁金的别名“撒法兰”正是藏红花的英文“SAFFRON”的音译。晋人左九嫔、傅玄曾分别作《郁金香颂》与《郁金香赋》，一个称其“芳香酷烈，悦目欣心。明德惟馨，淑人是钦。窈窕淑媛，服之褵襟。一个赞其“荣耀帝寓，香播紫宫”。这里指的应该是供观赏用的状如芙蓉，颜色紫碧的庭载花卉。而南朝萧衍的《河中之水歌》“卢家兰室桂为梁，中有郁金苏合香”之句，初唐卢照邻在《长安古意》里说的“双燕双飞绕画梁，罗帏翠被郁金香”，则可能是某种焚燃的香剂，或是一种用来喷洒的雾剂。这类既是植物，又是香料的物质，显然在色调和气味上，有令女性心气舒畅的功效；大概只需将它洒在帘幕锦被之上或投入汤浴之中，即使椒房渐冷，这热情的异国气息，多少也可温热孤守的忧思。

二、迷迭

产地中海，自西域传入中国后，先被种在皇宫之中。是一种带有浓郁茶香的香料。《本草拾遗》云其“令人衣香，烧之去臭”。魏文帝将此香广植于庭院中，并作《迷迭赋》言其“随回风以摇动兮，吐芳气之穆清”；曹植也作《迷迭赋》，赞其“播西都之丽草兮应青春而凝晖”、“附玉体以行止兮顺微风而舒光”。都是在赞美无形的香味及年轻的气息。十四世纪欧洲人将其随身携带，预防瘟疫，并以之杀菌消毒清洁环境。汉魏以降，薰香的时尚普遍流行于上层阶级，以这般香气清甜、镇静安神的香料来熏染衣服，效果自可想见。

三、鸡舌

出中南半岛，是汉代颇受瞩目的香料，东汉《汉官仪》有“尚书郎含鸡舌香，伏其下奏事”，将含此香视为宫廷礼仪之一。关于它的功能，同书另有一则记录，说恒帝将此香赐予一位年老口臭的大臣。老臣不识此物，不敢咀咽，自以为罚其过失的毒药，惊恐不安。所幸同僚探望，求视其药，出在口香，无不笑之。

另《曹操集》文集卷三，《与诸葛亮书》的信里，称“今奉鸡舌香五斤，以表微意”。

可见此香使用之频繁，用量之大。对于缓解久病之人难闻的口气当也是积极有益的。

四、苏合

产于土耳其、叙利亚等小亚细亚南部，为金缕梅科植物苏合香树分泌的树脂，又名苏合油、苏合香油。

《后汉书》(西域传·大秦)中记载此香“会合诸香，煎其汁以为苏合”，《梁书》亦云“大秦国采得苏合香，先煎其汁以为香膏，非自然一物也”。据此可知,此香不是单一的香木,而是揉合诸香,经过调制而成的合香。另《班固与弟超书》云:“窦侍中令载杂采七百匹,白素三百匹,欲以市月支马、苏合香、毾毛登。”可知东汉用杂丝、白素等布料购买西域的名物,苏合香已经是可以与月支马齐名的重要商品。

除了祛寒活血、开窍辟秽的功效,作为最早传入中国的域外合香,此时在地位上也取代了传统的牛脂香膏,而与中土香料调和创造出了新的风味,既可以用它来熏燃,也可以洗香药浴,西人则更热衷于将它涂身。

这些当然也只能是推测了,可资揣摩的香料还有数种。此外唯《太平御览》对秦嘉所赠之香有“今奉麝香一斤”之说,不知又所据何处。以麝香的性能及使用的规律判断,此物虽然气味浓郁,但干品时不仅不香,反而难闻;只有用热水稀释后,与其他诸香配合,才能很好地发挥其作为定香剂的功能。因其扩散性极强,又兼活血化瘀的功效,孕妇是禁用的,也很少单独使用,即使调配合香用量亦小。以妻子徐淑当时的体力,丈夫又怎能让她去独自调香;一斤的分量纵使价格不菲,但这只是丈夫去去就回的赠物,不可当财产对待。所以麝香或也是一种可能,但一斤之说很可质疑。到此,有一点是可以相信的,以秦嘉当时所在郡县的位置,在获取西域香料这件事上的确占有地理上的优势。

源源不断地来自西域和南方边陲的各类香料,改变着北方中原贵族和士人的生活,培养着他们用香的习性。不久后,时人王嘉的《拾遗记》里,记述了邺城王都大兴宫中的浴事:“用瑜石珷玞为堤岸,或以琥珀为瓶杓。夏则引渠水以为池,池中皆以纱縠为囊盛百杂香,渍于水中,浴罢,泄水于宫外,外流之所,名‘温香渠’。渠外之人,争来汲取。”他大概也承认,这时的北方民族不但学会了洗香药浴,而且奢华程度更有过之。

在秦嘉眼里,妻子是应该要这般善待自己的。想象一下,洗浴过后,

顾恺之《女史箴图》之四

顾恺之《女史箴图》之五

轻柔地用苏合油调制的香膏涂抹全身，穿起熏烤了一天的霓裳，在锦帐之内坐等君郎，这一幕已足够香艳。尽管妻子回信中说得明白“未待帷帐，则芳香不陈”。那也只是丈夫不在时表明守贞的态度。丈夫回来当然不能令他失望。梁朝宫体诗盛极一时，诗多艳情，这样的韵事又怎能逃脱《玉台新咏》的视野。

晋人顾恺之所作《女史箴图》十分传神地描摹了汉室宫廷妇女生活的场景，也不自觉地延续了汉魏以来的古意和气息；其中的两段，分别画了对镜梳妆、顾影自怜的少女，以及一张悬挂着帷幔的床，还有相视的男子与女子。似乎在她们的身上也附着秦嘉、徐淑的影子，虽然这样说未免有点一厢情愿。

谈起对秦嘉、徐淑夫妇五言诗的看法，许多学者对钟嵘将他们的成就摆在曹操之前，是很有意见的。确实他们的诗，骨力还稍嫌酥软，比起魏王的豪迈，实在不大像是汉人的气魄。这也怪不了他们。身处那么一个外戚横行、宦官当权的时局，195 年的东汉早已是风烛残年。桓帝所在的京师尚且暴动，更不必提其他各地的军阀混战、地方割据了，又有几人能像魏王。

在不同的诗人笔下，秦嘉和徐淑夫妇，把这乱世的战火，挪向了恩爱的床榻，将其化作缠绵芬芳的炉火；而魏王，则用这团火，照亮了中原大地。这时候，异国的好香，不独救赎了人在精神上的苦难，也为前途茫然的家国寄去那么点希望。

佛国胡烟

如果不是因为路途太偏远，实在是应该多一些来回与耐心，去逐一拜访那些从公元四世纪缓缓走到今天的古城和石窟；去安静地观看那些色彩绚烂，又匪夷所思的壁画。你会抑制不住地感叹，那些被描绘在窟顶藻井上的莲花，直线的长度经常都在一米以上，竟能画得笔直；至于背景图案之繁复、色调之浓丽俱已登峰造极，却又显得密而不乱，这些都需要何等的腕力及对色彩的素养；更莫论作画者的心境，在荒无人烟、空气稀薄的石窟内，要保持匀称地呼吸，从容地拿笔，大概没有无比的虔诚，是难以做到的。

在莫高窟早期绝佳代表的285窟，也是唯一有确凿纪年的洞窟西壁内侧的墙面上，呈现了一位年轻僧人的形象，准确点说是一位供养比丘。他身材清瘦，神情专注，用石绿和孔雀蓝渲染的背光透出一种西魏时期特有的轻盈与宁静。而他的身体两侧装饰着生动的忍冬纹与莲花纹的变体，其中一支仿佛正从比丘合起的双手中冒然而出。这不禁令人联想起《高僧传》中的一则记录：北朝时佛图澄初见石勒，为了证明佛法，以小钵盛水，烧香念咒，一会儿钵中长出青莲花，光色耀目。尽管眼前比丘的手中没有水钵，但这并不妨碍我们的想象。同样是这本《高僧传》，还保存了另一段关于这位西域僧人佛图澄在千里之外以香气搭救弟子的神迹。"澄常遣弟子向西域市香。既行澄告余弟子曰：掌中见买香弟子在某处初被劫垂死。因烧香咒愿遥救护之。弟子后还云：某月某日某处为

比丘像　莫高窟 285 窟

贼所劫，垂当见杀，忽闻香气。贼无故惊曰：救兵已至，弃之而走”。

这两则近似志怪的故事，至少说明了两件事，一是佛教传入中土后，除了运用佛经宣扬佛法，也借助透过神奇的法力来加强对信众的教化；其次是香这一种物质的确在佛教里发挥着某些特殊的作用。正如中世纪佛教文献对于用香的记载，比较集中地研究了在三千大千世界的佛国里，既存在有形具体的种种花香、树香，也有无形的，具有象征涵义的众生之香、诸天之香，诸天所烧之香。东传的佛法，也使得这一特殊的香物充满了浓厚的宗教意味。至于那些步履悄然无声的西域僧侣与香的命运则构成了另一个神秘的国度。从龟兹的克孜尔、库木吐喇、森木塞姆、克孜尔尕哈，焉耆的锡克沁，高昌的柏孜克里克、吐峪沟，直至敦煌的莫高窟，安西的榆林，每一处遗址原都属于沙漠里的一个古国。尽管汉语史料常常称呼这些国的统治者为王，他们的疆域大多不过是一个绿洲，臣民少则几百多不过几千。这些绿洲更像是散落在流沙里的一连串联接佛国的天路，同时也是一条商路。在从撒马尔罕到长安的路上，聚集的不只有僧人、使者、朝圣者和旅客，还有行色匆匆的商队。

塔克拉玛干沙漠陆续出土了许多迷人的东西，它们改变了我们对这条道路的理解。真相也远比推测中的景象有趣。丝绸似乎不再是最重要的商品，中国发明的纸张对欧洲产生了更大的影响，而金属、香料和玻璃与丝绸一样重要。

尼雅和楼兰两处遗址，都发现了大量用佉卢文书写的文献，记载了当地人与一群从今阿富汗、巴基斯坦的犍陀罗地区迁来的移民之间第一次长久的文化接触。这些三、四世纪抵达尼雅的犍陀罗移民同时也是第一批进入西域的佛教徒，他们中的许多人已都有了佛教的名字。有关尼雅的很多佛教材料都来自斯坦因的雇工鲁斯塔姆，他发现了被编号为24 号房的文书遗址群，出土了四件非犍陀罗语的文书，其语言是一种混合梵语，即古典梵语文法词汇与其较通俗形式的混合。四件文书包括用

发掘中的尼雅遗址

来背教理的一个音节表，梵文大史诗《摩诃婆罗多》的一个片段，一份列出了僧人戒律的波罗提木叉文书，还有一个长木板，上面写着勤洗佛像的人会得到很多好处，至于用什么洗、怎么洗、何时洗、在哪里洗都没有写，这好像有点类似小说的写法，露出冰山一角，其余的都在“水下”，让读者自己去想。《浴佛功德经》说得明白，“洗佛的方法需旃檀、紫檀、多摩罗香（产于南印度、锡兰）、白檀、甘松、龙脑、沉香、麝香等，以为汤水次第浴之，复以净水淋洗”。显然对于身在异乡的异客来说，这不太容易完全办到，能找来其中的几样已经不错了。接着木板上交代了这样做可以实际收获的好处，那就是“好脸色”和“气味香甜的身体”。

下面的问题是，谁来运送这些物品，在佛国与佛国之间长期承担这项并不轻松的任务。我们假设除了僧人随身有限的携带，主要的形式可能还是得依靠贸易，这样一来，商队的行迹就自然地进入了我们的视线。比盛唐更早出现在壁画上表现商队形象的地方，是龟兹以西 67 公里的克孜尔石窟。在开凿最早的 38 号窟的中轴线两侧分别是佛譬喻故事和佛本生故事。其中的一个佛本生故事几乎吸引并打动着每一朝途经的商队。故事是这样的：五百商人在夜里赶路，因为天太黑了什么都看不见。他们的头领，即佛陀的前世，用白毡蘸满黄油包住自己的胳膊，之后点燃毡子高举手臂为商队照亮前方的路。在这个故事里，佛陀救了他们。

类似的故事在沿途不同的石窟反复出现，这些壁画会不会就是那些过往的商队出资完成的，理论上的可能性很大，虽然今天已经无法确证了。龟兹出土的文书似乎证明了壁画的内容并非完全来自虚构。这些文书的重要，不仅与佛教相关，更涉及了世俗的贸易。在描述进出龟兹的商队部分尤为详细，显示了在隋统一中国之前，商人们必须结成大队人马才能出行，有的还需要经常雇佣保镖以保障安全。政府对商队也严格管控，除了牲畜和货物，随行的只有儿童和僧人。这样的壁画大致是

佛陀燃臂作炬,商人与驮物的牛　克孜尔 38 窟

另一幅佛陀燃臂图，身侧两名商人与骆驼　克孜尔 17 窟

准备渡河的商队

商人遇盗图　莫高窟 45 窟

反映了商队的某种心态，在随时都会充满危机的长途贸易中，那一点点依助于精神上的神秘力量，总可以释缓一下内心的焦虑。不论是不是出于对人身财物的隐忧，只要虔诚地向佛祈祷，运送香料大概也被视作信徒的一种本分。

作为丝路往来的高峰时期，中国西部最重要的外来族群是粟特人，这也决定了他们成为商队成员主体的条件。他们大部分定居在距离敦煌 550 公里的高昌，在这之前的几百年已经有大量的汉人迁入这个地区，此时再加入来自撒马尔罕周边粟特地区的移民，不久便成为一个国际气氛浓郁的城市。汉人的文化与伊朗的文化彼此适应融合，互为一体；据说当时高昌的汉人无论男女都会随着伊朗音乐翩翩起舞，旋转出一个接一个漂亮的胡旋。由于这个地区极度干燥的环境，得以保存下大批反映日常生活的文书。

有一组阿斯塔纳墓出土的十张被改装成鞋样的纸片背面写着《称价钱账》。关于丝路贸易中所交易的商品，这组文书提供的信息足够详细。大约公元 600 年左右，48 位商人缴纳了一种名为“称价钱”的税。高昌的官员记下了这些商人的名字，以及他们互相交易的货品。显示了粟特人在贸易中不可动摇的主导地位。买家和卖家加一起共 48 人，41 人为粟特人。他们在一年多时间里进行的 37 次交易中，黄铜、石蜜只交易了一次，其他货物则多次出现，比如金、银、丝和香；香的范围很广，包括焚香、香料及药材，交易额也大小不一，低至 33 斤，高可达 800 斤，这也是账上所记最大单笔物品的交易量，而与香有关的交易双方几乎全是粟特人。

差不多在相近的时间，也就是 630 年，玄奘在拜访高昌后离开那里继续西行。他在龟兹短暂停留随后翻越天山，在伊塞克湖（今吉尔吉斯斯坦境内）西北参见了西突厥可汗，然后继续前行至撒马尔罕（今乌兹别克斯坦境内）。

撒马尔罕及其周围的气候不像塔克拉玛干沙漠那么干燥，土壤酸性大，很多材料在八世纪早期伊斯兰征服之后都被毁了。只有两组重要的粟特文书存世，其中的第一组是现存最古老的粟特语材料。年代为四世纪早期，由斯坦因在敦煌附近发现，是八封粟特文的古信札。这些信件静静躺在敦煌西北 90 公里，长城烽燧边上一个废弃的邮包内。其中一封是发往撒马尔罕的，这也许表明信件遗落时信使正在前往撒马尔罕的路上。那一卷卷精心折起来的纸上有明显的西方文字。起初斯坦因以为很像在楼兰发现过的阿拉米文，直到最后才被确认是粟特文。八封古信札基本完整，尽管很难破译，很多词还含义不明，仍被证明含有极为丰富的信息。其中的四封已被译成英文。这些信并不在信封里，而是被折成漂亮的 9 到 13 厘米长，2.5 到 3 厘米宽的小块。考虑到公元三世纪纸张才在中国广泛使用，这已是相当快的发展。有三封分别装在单独的丝质袋子里，第四封，即信札 2 号，被装在一个外覆亚麻封套的丝质袋子里，上面写着“寄往撒马尔罕”，但没有寄信人地址。其他几封都没写地址，送信人应该知道这些信是写给谁的。信札 1 号和 3 号，出自一位叫米娜的西域女子，寄给在楼兰的丈夫，信札 5 号则寄往武威。信中的女子被丈夫遗弃还背了一大笔债，因此她向许多人求助。从她所求助的这些人中，可以看到一个流落他乡的粟特人群体的缩影。米娜对丈夫大发其火，她已经贫困到要带着女儿去帮人放羊，困在敦煌的三年中曾有五次机会可以跟着商队离开，可她付不起那 20 个斯塔特的路费。她把这所有的苦难归咎于自己行为上的过失，因为她们冒犯了佛和菩萨。

信札 2 号来自一位商队代理人，除了向在撒马尔罕的老板汇报他在酒泉和武威的进展。还提到了一些当时交易的商品，羊毛和亚麻织物。代理人汇报说他往敦煌寄了 32 个单位的麝香。麝香是从麝腺中提取出来的一种物质，用作香料或者入药。按照粟特史学者魏义天先生的说法，这些麝香可能有 800 克重，对于纯麝香来说，这是很大的量。就地缘

敦煌附近的烽燧遗址

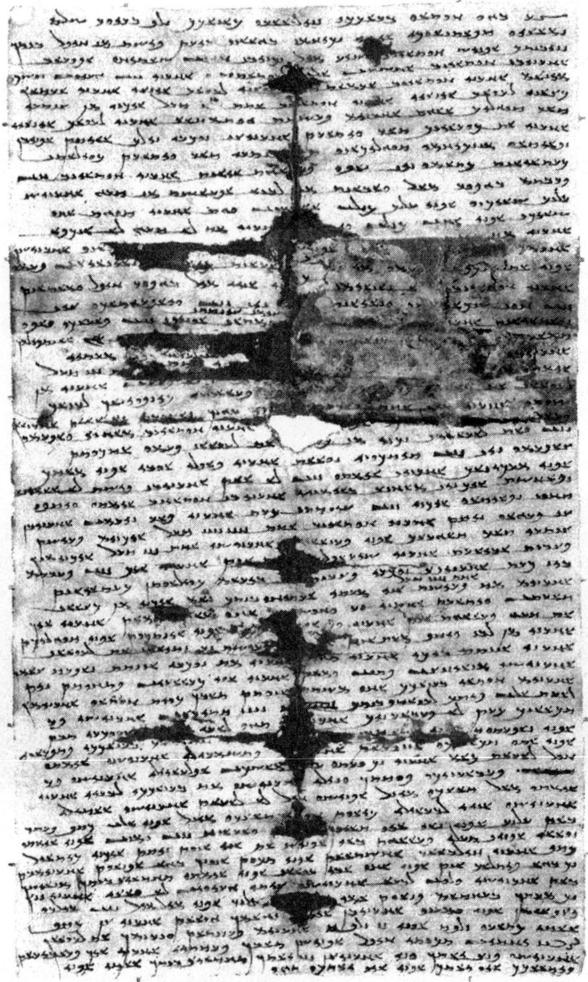

寄往撒马尔罕的古信札2号

丹丹乌里克佛寺遗址

上推测，这些麝香大约出自甘肃与西藏的边界，当然也不能完全排除是阿萨姆或尼泊尔的产物。虽然后者由于气候的缘故，所产的麝香品质较差，除了在当地使用，很少进入市场。此外，信札 6 号描述了商队寄往别处的一些物品，有些跨越了很长的距离，比如只有在东南亚或印度才能买到的另一种香料樟脑。

频繁的商队贸易为绿洲中的佛国带来源源不断的财富，也推动了富人捐养功德的善心。寺院成了当地社会中最富有的机构，那里的粮食多到可以向穷人放贷。寺院会追踪这些借贷而且对其全部财产保存详细的清单。现存敦煌寺院的《财产账》将所得物品分为四类：织物、金属、香料、宝石。在香料这一栏中登记了一种被称作“胡粉”的物品，还有另一种叫诃梨勒的东西，产地都写着西域。后者是一种植物的果实，佛教徒心里的圣药。前者有两种解释，狭义地讲是一种白色铅底的粉，有药性，可以用来做化妆粉，也能够充当绘画的颜料。广义地说，敦煌文献中的“胡”常常表示“伊朗的”或“伊朗风格的”意思，此处的意思更多的是“膏”，因为必须把它和水混合之后才能使用。仅仅从《财产账》上数量一栏看，接受供养的胡粉数量都很有限，少则半两，多的也只是二十四颗。用它来绘制壁画或装饰佛殿明显是无法大规模使用的。若绕过实用的角度，单就意义上，佛寺的供养也还是有象征性的一面。

对于体量算不上雄健的佛国而言，寺院聚集起来的这些财富，享有的这些许供养也都有它自己的盛衰。1006 年，敦煌以西 1 325 公里的于阗，信奉伊斯兰教的喀喇汗王朝征服了信奉佛教的这个王国，最终于阗及其周围绿洲的居民皈依了伊斯兰教，维吾尔语取代了于阗语。这是一个巨大的历史断层，几乎所有关于前伊斯兰时代于阗的材料都来自于阗城外，在临近而且干燥得多的沙漠地区。于阗语文书幸存最多的是城外东北 130 公里处的丹丹乌里克。

又是被斯坦因遣散的那些雇工，在遗址旁的垃圾堆里找到了写有希伯来字母的文书。这件犹太波斯语的文书是一封信。只有纸页的中间部分被保存下来，每行的开头和结尾都没有了。信是写给生意伙伴的，内容有关一系列交易，包括羊、布匹、马鞍、甘松（一种在佛经常见的香药）。谁都没想到，一百多年后出现了一封几乎完好无缺的犹太波斯语信札，字迹简直与那封旧信一般无二，它们被证实是在同一时间、同一地点，由同一个人所写。

新信的开头八行都是“在远方”的寄信人对收信人，即他的“主人Nisi Chilag”一家的问候，这人很可能是住在丹丹乌里克的犹太人。问候之后，信中详细讲述了寄信人和“主人”关于买卖羊产生的争执。尽管他送出了包括麝香和糖果在内的很多礼物，但应该到手的羊还是没有到手。有意思的是，在他与“主人”的对话中，寄信人被错认成了“粟特人”。考虑到商队中粟特人之多与犹太人之少，这是很容易理解的误会。

这两封信的时间已经是中唐，粟特人在贸易中的分量不但有增无减，而且也更为活跃。在宿白先生的考证中，许多粟特人的墓志都没有记录官职，大都是以经商为业，遍及中原各地，可见行踪也已远不止于塞外。洛阳龙门石窟古阳洞北的一座小龛中有造龛人题记“北市香行社，社官安僧道，录事……史立策……康惠澄……永昌元年三月八日起手”。北市是洛阳三个市中最繁华的一个市，香行贩卖的香，正是从西亚输入的奢侈品。因此这个社的社官和录事中的史、康两姓，大约就都是昭武九姓的粟特人。

逻辑上，写信的犹太商人和那些混迹在北市，又同为胡商的粟特人应不无生意上的往来。那么古信札中提到的用于斡旋的香料，与这个北市香行又是否会有一丝的关系，这或许又将是一个饶有趣味的话题。

昔日遗落在佛国沙海里的故纸，渐渐勾勒出绿洲深处有关香料的蛛丝马迹。它要远比我们想象中的有限，却也更近真实。这原本是一条九死一生的险路，能走出来的都已很值得庆幸。从敦煌西望，那曾经的佛

沙漠中的驼队

国故地多半也已是残垣断壁，热浪之中，沙漠里的蜃景不无怀念地把沉睡已久的故人往事，投影在无有边际的梵天上，看了又看。仿佛又有年轻僧人的影子来回其间，他们的脚下踩着流沙，偶尔沙里也会露出经卷的碎片随风扬起，风里则传来更远处的驼铃，声声都嵌进心里。

玄奘之后，汉地的僧人依旧西行，一直朝向佛教的中心——那烂陀寺；也有人向相反的方向走，他们从于阗和藏地出发，经过敦煌去山西五台山。

敦煌藏经洞保存着几页用汉语和于阗语，于阗语和梵语抄写的常用语手册。这种用以辅助交谈的书籍，用婆罗米字母书写，句子都很短，有些对话可以猜出使用者的身份：

你有书吗？

我有。

“什么书？”

经、律、论、密。

你有哪个？

你喜欢哪个？

我喜欢密。

大概，只有僧人或资深的佛教学习者才会用到这样的句子。而下面的对话则更令人向往：

我要去中国。

你去中国有什么事？

我要去看文殊菩萨。

敦煌 217 窟　盛唐　法华经变　化成喻品

西岳庙记文

登顶华山，是二十二年前的事。由于时间匆忙，错过了不少山下的景致。被奉为“五岳第一庙”的西岳庙也在其中。

此庙供奉西岳大帝华山神，是帝王祭祀华山之所，所以又称“华岳庙”。据说华山是唯一一座只有道教的五岳山脉，唐宋年间道事渐盛，庙观渐多；若论西岳庙的资格早在汉武帝时已存，当时叫集灵宫，北魏后才改成此名，应算是西岳中最古老的祠庙。庙内至今存放了不少珍贵的碑刻文物，其中有一方碑石名为《敕赐西岳庙乳香记》，刻于宋代咸平六年(1003)；纵观中国的碑刻，以香名作主题的，的确很稀见。

撰文者是尚书刑部员外郎的韩见素，刻工为当时名匠姚玉；整碑二十一行，行五十四字。除了例行的官样文字，对赐香之事作了详细的描述：

> 先是，五岳诸殿逐日所焚之香，自来因循。官给。肇自右司谏直史馆高君绅，于至道中任荆湖转运日，见南岳司天王庙逐日诸殿晨荐之香，只采山中树根烧草字热。遂发奏章，乞赐乳香烧用。略曰：“陛下欲普天储祉，故五岳是尊，万姓欲四序祈恩，故明神是仰。其于香火，尤为荐诚。阙而未行，何以为礼！伏乞圣慈特降敕命，许于南岳诸殿逐日共破乳香一两。复虑泰山等四岳有似此未破香处，亦乞特降指挥。”

事情很明显，若不是右司谏直史馆高绅的奏请，各庙观日常晨供之草率、简慢的现状依旧堪忧。身为华州地方的官员，在目睹了南岳诸殿

西岳庙全景　摄于20世纪初

西岳庙一角　摄于20世纪初

的情形后，难免触景生情地想起了西岳庙的待遇。当然，奏章写得很有策略，借南岳之名，补其他四岳之缺，并把泰山抬了出来；而五岳之中，唯有东岳、中岳因为历史、地理之渊源始终为皇家所看重，在陈清祭祀的利弊关系上最能打动执政者的心思。至于西岳庙，在唐玄宗以后就逐渐沉寂，很少再被高度崇奉过。这一点，高绅也许是考虑到了。

有意思的是乞赐的对象唯独只是乳香，这就不能不涉及此香在宋代的位置。还是先来谈谈此香的背景，美国作家奚密曾整理过一份简史，可资参考：

> 乳香来自二十到二十五英尺的落叶树，白色或粉红小花，果子可用来饲养牲口。作为气味浓郁持久的树脂类香，每年冬春和夏秋之际是最佳的收获期。由于乳香对气候土壤的特殊要求，此树不易移植。盛产于阿拉伯半岛南部的也门、阿曼，以及非洲东部的索马里、埃塞俄比亚和苏丹。至少在公元前三千年，乳香就从这里出口，漫长的“香路之旅”也从这里开始。

当被驯化的骆驼取代了骡马驮运的时代，这就意味着不需要为了寻找水源再绕道而行。如同著名的“丝绸之路”。运送乳香的路也不止一条，一线贯穿阿拉伯半岛，北上巴比伦；另一线则从波斯南部沿红海北行，抵达地中海岸的加沙港，再从那里转运到亚历山大城，越过希腊、罗马、印度，最终进入中国。这条“香路”长约两千五百英里，全程约六十二天。据说当时输出的数量每年高达三千吨，其价堪比黄金；三世纪后，海路兴起，内陆的香药贸易也随之衰落。

这样一份说明，大致反映了两个情况，其一，乳香的产地遥远，运送周期亦长；其二，产量庞大。此香，早在汉魏已有进入中国的记录，而大量的输入却晚至两宋。可以说宋代对阿拉伯的贸易线路，就是香药输入的线路，而两宋的香药，也多半来自阿拉伯。其背后隐藏的最大动因，还与欧洲十字军东征、及回教帝国因贫困而急需向东发展贸易有关。从东大食帝国的巴格达到广州，途经 24 处沿海港口，大量的物品和主宰它们的阿拉伯商人源源不断地进出大宋的国都。陈垣先生在论回回教传入中国史略中，认为时间当在唐高宗时期，只是此时来华的回教徒，多是以私人的身份前来，即使是通商，范围也是有限。代表人物如《旧唐书》所载的波斯商人李苏沙，在长庆四年曾向唐敬宗进献盖亭子用的沉香木材。然而，随着宋代香药贸易的获利陡然倍增，真正财力雄厚的阿拉伯商人与波斯商人才随之出现。见诸史册者如啰辛、蒲希密，皆是回教香料大商，所贩乳香动辄几十万缗，每次千百斤计；当然也少不了李苏沙的后人李珣兄弟；这些后人的经营手段、影响范围，都已远非其祖辈能相提并论。

与唐代海外贸易不同，两宋舶来品的内容已由珍宝转向珍贵的香药。这一观点经白寿彝先生提出后，基本成了学界定论。考《诸蕃志》所载此时贸易往来中的香料约达二百余种，既有出于香用目的的奢侈消费品，也有兼具药用和食用功能的普通耐用品；而其中贸易量最为惊人，也是最大的便是乳香。一般的史料少记民间海外贸易，但作为政府贸易特色的朝贡贸易恰恰弥补了民史的不足。据陈宝强先生的统计，宋代频繁的朝贡超过 492 次，涉及乳香和香药的条目达 71 条，而其中又纯粹以乳香为贡物的、明指暗含的共计 51 条，比例之高，足证此香不可取代的特殊地位。上千倍于其他香药在贸易数量上的差异，使之对财政也产生了巨大的影响，宋代的香药贸易几乎成了乳香的贸易。此时，在负责海运进出的市舶官员眼中，所谓香药贸易里的“香”，大概只有他们所关心的乳香了。正因其数量庞大、获利丰厚，朝廷考核赏罚这些官员，竟也以抽买此香的数量来作为主要的依据。

北宋初年，西北战事频发，军费负担吃紧，而当地的少数民族喜欢舶来的乳香，朝廷就干脆将它运往前线交换粮草，以充军需。此外，官府也拿它作为补助财政的手段，乃至在财政拮据时，出卖储备以渡难关。这都还只是站在国家的立场，回归日常的民生，由于名贵香药高昂的价格，即使人人都爱，但注定只能是少数上层人士的专享；真正能为中下层社会谋福利的，也唯有资源充沛、价廉物美的乳香了。时值佛道两教盛行，举国大兴寺观，民众的宗教生活空前活跃，乳香之耗量可想而知；另外，连借助宗教形式揭竿而起的农民抗争，也崇尚此香，实在是始料未及；陆放翁的《老学庵笔记》有一记："闽中有习左道者，谓之明教……烧必乳香，食必红蕈，故二物皆翔贵。"明教拥众极多、影响又广，耗量当也不少。

既然国情民情如此，身为直史馆的高绅所奏乞赐乳香之章，想必是及时获准了。倒是记文中所及请赐的数量，南岳诸殿每日的耗量只有一两，让人颇觉意外。是朝廷入不敷出，供给艰难？虽然，《宋会要辑录》"藩夷七"卷下的朝贡记录反映，在此记立碑的整个咸平年间确无乳香进贡，而且从之前的"雍宁"、"淳化"直到其后的"天圣"、"熙宁"，很长一段时间内都没有进奉的记录，甚至其他香药也少得可怜。但这也不足以证明什么，毕竟宋初的贸易和囤积都非常的努力，供求尚不至于紧张如此。实情会不会是跟以下的记文有关："时主庙宫令神祝等慢神如一，遂共分析本庙一十一处合销乳香半两。匪唯俭不中礼，抑亦盗在其中。"尽管这句话指的是西岳庙，但类似现象或许别处也是有的。高绅从荆湖归来，即对西岳庙诸殿所焚之香进行了查点，情况是全然阙少，奏复添之。从"戒励既严，焚荐尤肃"的文意看，对地方肩负德育教化之职的高君，应该是颇为整顿一番的。一如后文对此举的评价，称颂高君的行为，"不独惠于民，亦将及于神；不独益于君，亦将及于身"。

能为皇帝拾遗补阙自然是益于君，那么惠于民，又具体指的什么。撰写记文的刑部员外郎韩见素，在文章的起始提及一点，"至于国家有水旱灾疠之兆，为民而荐诚者亦非时而请谢焉，西岳金天氏盖其一也。"这就很清楚地说明了，每日晨香的目的是为了祈求风调雨顺、国泰民安。而此处的西岳金天氏正是西岳庙的别名，唐代曾叫做"西岳金天王庙"。按道教的理论，西方为金能生水，看来与祈雨的关系较为紧密。基于降雨对古代

散落在华山的庙观　乔治·厄内斯·特莫里森　摄于1935年

散落在华山的庙观　乔治·厄内斯·特莫里森　摄于1935年

农业社会的重要性，有宋一代，祈雨活动确实也十分广泛，地处西北的华州可能也是旱情的频扰之地。历史上为它写下祈雨文的不在少数，如宋人黄庶的《西岳祈雨文》拜的就是金天顺帝；稍晚的还有余阙的《西岳祝文》，到了元初，再看看同恕的另一篇《西岳祈雨文》，“三四年来，旱魃为虐，有夏无秋……今年旱势酷烈……黍稷之苗，十死八九，是无夏又无秋也，民将何以为命乎？今扶老携幼，流离播散，县邑为之一空”，着实触目惊心。

此记文碑石的左右两侧也刻满了题名，内容主要是设醮、祷谢一类；题名者既有像晋国大长公主，也就是那位有名的延庆公主这样的人物，也有地方小吏；时间跨度长达50多年，这些也都从另一个侧面见证了西岳庙祈雨的持久性。

高君在拟写乞香奏章时，正任荆湖转运之职，而所处之地亦是多旱涝之忧，恐怕对他又是一种警讯。所以在对待盗香慢神，影响祈雨应验这件事上，态度应该是很严肃的。记文最后再次重申了高君的良苦用心，曰：“欲使后之思盗香者知慢神之过，效淫祀知请祸之非。言者无罪，闻者戒之”，这或许才是立记真正的本意。

华山之险，险在山势陡峭，不过却是在明处；而人心之险，则尽在暗处。比较高绅的行为，想起北宋神宗时，因利用职权贱卖乳香以谋厚利的王子渊案、傅永亮案；再及，湖南郴州官府为补助财政，强行配买乳香而引发的农民暴动。这一正一反的史料却也构成了用香的两面性；功过不在乳香，人心方是左右祸福的关键。

久居中东的友人寄来数款乳香，勾起了我访碑的兴致。新中国成立后编的《华山志》说此石已佚仅存拓片，心中不免怅然；偶读朱翼盦先生的《欧斋石墨题跋》，录有一条“西岳庙乳香记”，仅九个字，简单之极，也未标传拓年代；以老辈金石家的习惯，如系宋拓明拓，多半会记一笔，时代较近的也就免了。大概此拓本距朱翁生活的民国也不会太远，也许，当年此碑尚在人间。

洪刍其人

近几年香谱一类的书又热销起来，稍古一点的版本更是价格不菲。明代的本子出现最多的不过两种，一是洪刍的、一是陈敬的，这自然是从作者的角度来区分的。不管是哪一种，从刊刻到用纸，绝大部分都难称精良。看来即便在当时，这类书主要仍是充当参考使用的功能，不是为了收藏。

其实，被称为香谱的作者还有许多，但作为大家效仿最早的，也是存世刊刻时间最久的，还是洪刍的《香谱》。

关于洪刍这个人，历史多半谈的都是他的诗名。时人曾言："江右学诗者皆自黄氏，至靖康、建炎间，鲁直之甥徐师川、二洪（刍、炎），皆以诗人进居从官大臣之列，一时学士大夫向慕，作为江西宗派，如佛氏传心，推次甲乙，绘而为图，凡挂一名其中，有荣耀焉。"这话说得倒也不算过分。这里的黄氏正是二洪的舅舅，北宋四学士之一的黄庭坚。

洪刍兄弟四人自幼失怙，生活上全赖祖母和舅舅的照顾，不仅作诗一途深受黄氏的影响，连官场上的为人处世也没少获教导。有了这样的依靠，彼此的感情自然也更为亲近。从黄庭坚与江西诗派往来的诗信中，可以看到不少是写给这些外甥的，而对洪刍的表现则更为在意；在洪刍考中进士时，黄氏反复阅读其诗并感叹：不意江南泽中产此千里驹也。而洪刍的字驹父便是当年舅父所取，显然及第之事与作诗的才华都很令其欣慰。同时，对于这位外甥性格上"颇以诗饮酒废王事"的举止，除了

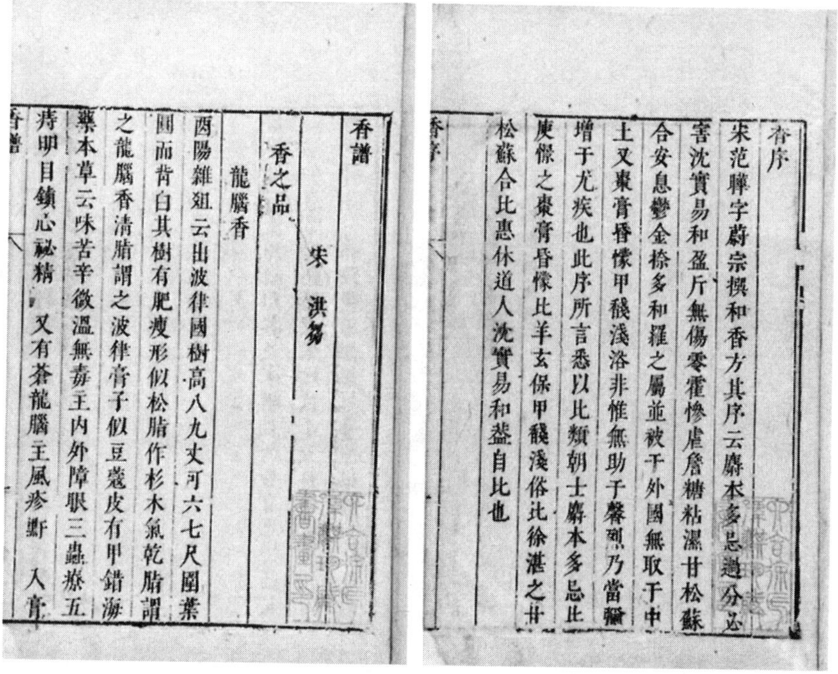
香序

宋范曄字蔚宗撰和香方其序云麝本多忌過分必害沈實易和盈斤無傷零藿慘虐詹糖粘濕甘松蘇合安息鬱金㮈多和羅之屬並被于外國無取于中土又棗膏昏懞甲馢淺俗非惟無助于馨烈乃當彌增于尤疾也此序所言悉以比類朝士麝本多忌比庾憬之棗膏昏懞比羊玄保甲馢淺俗比徐湛之甘松蘇合比惠休道人沈實易和蓋自比也

香序

香譜

宋 洪芻

香之品

龍腦香

酉陽雜俎云出波律國樹高八九丈可六七尺圍葉圓而背白其樹有肥瘦形似松脂作杉木氣乾脂謂之龍腦香清脂謂之波律膏子似豆蔻皮有甲錯海藥本草云味苦辛微溫無毒主內外障眼三蟲療五痔明目鎮心祕精 又有蒼龍腦主風疹䵟 入膏

香譜

《香谱》 明代钟人杰、张遂辰编《唐宋丛书十九种三百二十一卷》本之一

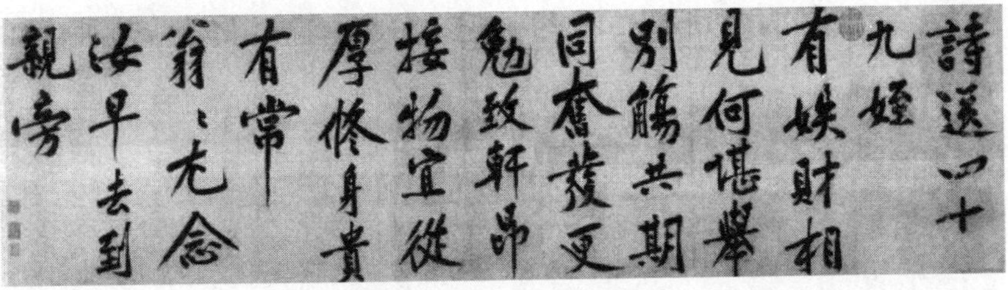

黄庭坚《送四十九侄诗》

训诫，大概也颇担忧。

史传洪刍个性放浪、沉醉诗酒，而且恃才傲物；对于才华横溢的诗人，这些当然算不得什么毛病，问题是作诗就作诗，还忍不住发表对朝廷的不满，作《骂犬文》抨击时政，这就为他的前途埋下了祸害。

从元祐五年任监酒，一路为参军、推官、州学教授，可谓十年坦途，即便此时舅舅在回信中除了表达三年未见的思念之情，仍不忘谆谆告诫：千万强学自爱，少饮酒为佳。不过洪刍依旧没能听进去。三年后徽宗即位，竟上书批评新党不知是否也是酒祸在背后作祟。随后即被视为元祐党人，坐贬闽南，其时舅父黄氏也被贬宜州。

《全宋诗》记洪刍遗诗不足二百，大都是涉及迎送友人的、或叙别离之情、或写游乐之景，用意精深，酷似其舅；相反那些应酬之作，读来全然空洞无物，缺乏真情。可以看出，洪氏对于并非出自真心的事，向来不会敷衍，或许也不懂怎么去敷衍，这些本不是他的兴趣所在。这样的性格，的确不太适合在官场，加之一些不合时宜的行为，难免成了政治斗争中的牺牲品。

果然，徽宗大赦天下洪氏官复宣德郎，二十年后升任左谏议大夫，时逢金人围城，洪氏再因日惟觞酌、醉中不见，被罗织以奉命行事，勾括金银，私纳宫人并敛聚作乐等罪名，放逐沙门岛，终客死异乡。

由此，想起了在洪刍之前，另一个遭贬官之难而老卒他乡的宋初官员丁谓。比起洪刍在政治上的幼稚和冲动，丁谓显然圆滑世故得多；此公不仅很懂得如何迎奉帝意，而且事情也办得漂亮，不久便官居宰辅，乾兴元年更加封为晋国公；同时对于清除异己，也是手段非凡，在与寇准、王钦若等人权党之争中，充分表现出致对方于死地而后快的野心。所谓一朝天子一朝臣，幼帝仁宗继位后，丁氏亦遭同僚排挤，落得个晚年远贬崖州的命运。与洪刍相似的是，他也以香事为题，写下一篇二千余字的《天香传》，成为古今评鉴海南沉香的第一部著作，直至今日依旧是十分重要的文献。地处海南岛的崖州，盛产沉香，被放逐后的丁谓就整日以焚香、品香消磨时光，在长达十五年的孤岛上生活，香几乎和他融为一体，当然也是他最好的精神寄托。据说，在他生命最后的日子里，每日仅以沉香煮水为食。这般企图用香来隔绝自己与外界，进而达到隐遁余生的心理，跟洪刍的舅舅黄氏晚年在宜州的举动竟然如出一辙。

洪刍自然和丁谓是不一样的，除了在政治上的嗅觉有天壤之别，好像写作的动机也很两样。众所周知，《天香传》是丁谓在岛上，有感于用香的体会精心写下的文字；其中论述的部分皆为其经验所梳理出的独特见解，已全然自成体系。同时，他的文笔又那么生动，仿佛一再暗示他和香的情愫；你能感觉到他发自内心的热爱与迷恋，就洋溢在字里行间。他是真的被香打动了。至于洪刍写《香谱》的初衷，反而很模糊。理由是从各种文献里都没发现洪氏嗜香的线索，严格来说连基本的接触都鲜有直接的证据。他为什么要编写这本书，似乎变成了一件颇隐晦的事。

一般会认为，终日痴迷用香的舅舅，多少对他有所感染，居然没有。当然，事情都要辩证地看待，舅舅的习性也不会都遗传在一个外甥身上，洪刍接过了诗文的天赋也就够了；倒是他那终身科考未中的大哥洪朋，在几篇遗诗中说起一个人用香的情景，那几乎都是在晚上，灯光寂寂，跏趺坐在绳床上，想起仕途的不如意，动了归隐之念；随手点起了香，真是“愁破倾春酿，心清炷夕熏”。如果不是早亡，以他和舅舅的感情，可能会留下一些与香有关的唱和之作。

有时候，人的行为常常是一时之念，不过这一念之前却也累积了无数的因缘。有学者推定洪刍写下《香谱》的时间是在江西任祠官，止于左谏议大夫期间。这大概也是唯一可能的时间，因为之后他就被贬而殁于流放之地。尽管洪刍本人并不一定对香有多大的兴趣，但他对舅舅的感情是在的。就在第一次贬官闽南赦放归来后，洪刍在《次韵徐师川喜余来还之作》中写下这样的诗句：谪去暂经牛斗分，归来重赋豫章行，鸰原

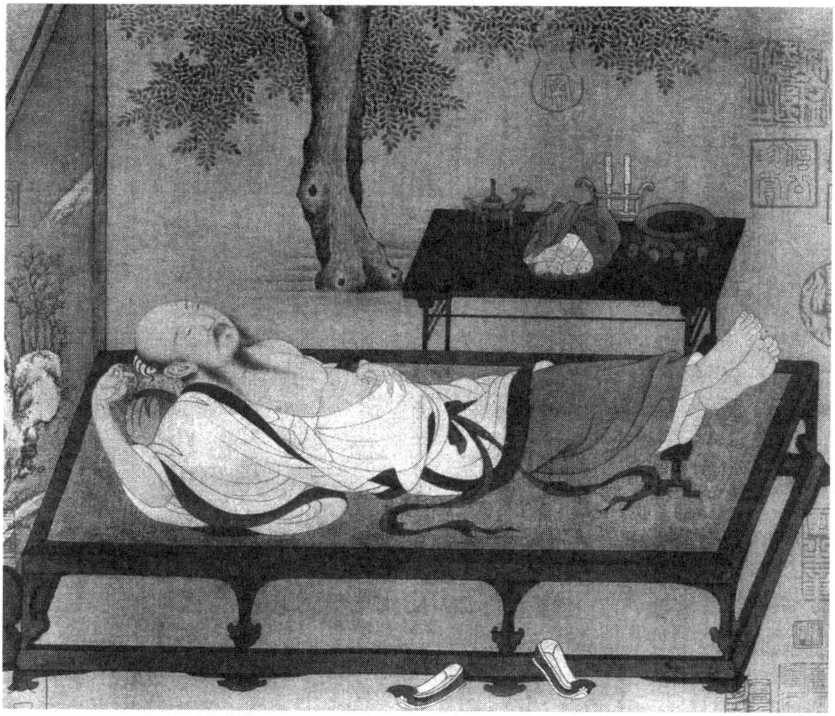

宋人《槐荫消夏图》，画面好似洪刍的写真

悽断手足戚，陇水悲伤甥舅情。这时候，舅舅已去世一年；大哥和四弟也都已不在了。同朝为官的三弟洪炎因受牵连，返回老家，为舅舅编写了诗文集《退听堂录》。三弟的举动是否触动了洪刍的内心，而萌生了也想做点什么的念头，作为一种纪念，也可看作借物缅怀的追忆；也或许是在了却舅舅生前不经意提起的心愿。总之，编写《香谱》对于洪刍而言，并非遥不可及的事。在他出任上饶祠官时，因为参与祭祀的工作，少不了接触香药。加之宋代用香风气又盛，从封禅礼仪到宫廷生活诸多香事被纳入典章制度，纵使没有兴趣，耳闻目染久了也不会一无所知。况且江西派诗人以考据功夫闻名，集腋成裘自非难事。另外，也不能完全排除舅舅的遗物中有涉及香事的资料流入他手，毕竟那时值得托付的外甥也唯有洪刍了。

与丁谓的《天香传》将某个领域的研究做到了极致不同，洪刍《香谱》的着眼点在全局，从谱系的角度构筑一个完备的体例，这是很有远见的想法，事实上，宋末陈敬的《陈氏香谱》、明代周嘉胄的《香乘》都把它视作效仿的典范。至于历史上，还有些人怀疑《香谱》并非洪刍所著，我看大可不必动摇或争论。宋代的周紫芝在《太仓仓稊米集》里有一篇《书洪驹父香谱后》的议论，认为经过他的比较，洪刍的《香谱》比藏书家沈立的《香谱》更丰富周全；接着元初熊朋来为《陈氏香谱》作的序言里也说“凡洪、颜、沈、叶诸谱具在”，他们生活的时代与洪氏尚近，这些话还是可以相信的。倒是《新纂香谱》里增补的那一篇不具名的洪氏香谱序，十分可疑。不仅措辞毫无逻辑、行文亦呆板，草草几十个字敷衍成文，文采就更不必提了；既然文字不多，不妨抄录如下：

> 《书》称“至治馨香”、“明德惟馨”。反是则曰“腥闻在上”。《传》以“芝兰之室”、“鲍鱼之肆”为善恶之辨。《离骚》以兰蕙、杜蘅为君子，粪壤、萧艾为小人。君子澡雪其身心、熏祓以道义，有无穷之闻，余之谱香亦是意云。

序跋本是为作者抒发情怀、一吐本意而设，最能集中显示作者的性格与才华；的确，如此序文实在也很难与洪刍这样的人联系起来，多半又是好事者所为。这多少有点可惜，因为香谱不会说话，也就无法获知洪刍对香的真实想法。尽管写下了《香谱》，但他的内心与香的距离又有多远呢。这点上，舅舅黄氏与丁谓都是动了真情的。

古谚云诗为心声，从洪刍的诗里，我们看到了他的人生追求；他喜欢和朋友夜宿寺院，将奇峰当作天外的云；他喜欢田边的春雨，与友人共食一碗谷香四溢的米饭；他还喜欢在烈日炎炎的盛夏，撑一条小船劈波寻找荷花的香气。原来他也是爱香的，只是更钟情于不饰雕琢的自然之味。

诗人是浪漫的，他只活在自己理想的世界里。恰恰理想主义又是软弱的，后世的文章评价洪刍晚年的遭遇其实是冤案。当时金人逼迫大宋的官员在城中搜刮钱财、拥护张邦昌，否则以屠城要挟，留守的百余名官员都参与了此事；高宗南渡后着手惩治罪臣，按宋代律法，洪刍八人所犯罪过必应弃市，但却被减刑流放，原因是高宗的新政。或许洪刍还曾暗自叩谢过浩荡的皇恩，却不知这仍只是高宗收拢人心、巩固时局的一项政治举措。自始至终，洪刍都不曾摆脱过政治的操纵，这大概是他永远都无法理解的。

《香谱》问世至今，已经过去了九百多年。今天再来读它，依然会隐约感觉，洪刍其实是做了一件并非源自内心喜欢的事；或许他原本就只是一个纯粹的诗人，唯有他的诗才像他自己。

插图里的生活

买下董康以“忏绮生集珍”名目印成的《千秋绝艳图》，多少还是受了黄裳先生的影响。他说得很对，这些古版画除了具有高度的艺术性之外，往往还记录了一些当时社会风俗的面影。通过画面，不独使人感到美，还能使人得到很多知识。从人民的日常生活，到具体的名物，以至社会面貌、时代风习，都能通过古书的插图得到实证。这实在是除了古代实物之外，最好的历史学习的参考图谱。这里面当然也包括了许多当时人们用香的图景。

徽派有名的刻工黄端甫在《青楼韵语》里，为马湘兰的诗句配了一张插图；原题是“春日诸社丈过小园赏牡丹，各赋绝句见投，和答四首。”画面如实地写出了春天园里赏花的景色。湖石、花树、小桥、溪流都是写实的，秾丽的笔触烘托了盎然的春意；花园的女主人在弹琴，美妙的乐声借由三个聆听者的姿态分别传达。着山人装扮的人在笑，在抚掌，是一派激赏的表情；中间的年轻人看着沉静，却早已听得入迷了；背对观众的那个清客，像个善于听曲的行家，他并没有注视演奏的人，只是沉溺在默默的欣赏中。刻工的技巧是了得的，画家的构思也极其充沛，他安排了两个从小桥上匆匆跑来的小僮，端着水果的步距较宽，显然是从后面赶上来的，可以看出客人们吃酒已经好一阵了，正等着上轻食；这个小僮回身与夹着包袱的同伴交谈一两句后，示意他需先行。此时的女主人还在弹琴，因此持包袱的小僮则可以慢慢地来。这样的场景设计，无疑是为随

韵语·春日小园赏牡丹

韵语·春日小园赏牡丹

后的活动铺垫下了可供想象的依据。

当目光重回到酒桌，席面上的杯盏、插花，还有一只带座的香炉，陆续进入观众的视线。画家对于细节的细腻描摹，无意间为户外雅集时的用香情况保存下极佳的记录；焚香与吃酒、赏花，分别在不同的感官上丰富了听歌时的兴味，充当了娱乐的脚色；这是江南庭院才有的春天，也是三百年前士大夫们佚乐生活的一个写照。

这样的生活却不能天天上演；曲终人散后的男女们，又将回到他们各自日常的光景里。武进陶湘的《喜咏轩丛书》收录了很多明代传奇的图像，其中《琵琶记》一折名为"柳絮帘栊梨花庭院"的插图，描写的就是一位心事重重的小姐在廊亭里独坐。画家尽情地渲染着花树的浓密，用爬满了花枝的花架将亭子密密地围住，表现出与外界的隔绝；而在画幅的左上方留出大片空白，一密一疏的对比暗示了人物的内心，花园虽然热闹，却并不自由；而枝上飞过的一双小鸟，更增添了寂寞的情绪。画中人支撑手臂的几案上放着香炉和香盒，这些都是一个人的时候需要用的；突然跑来的丫鬟正在跟她说着什么，小姐神情专注，若有所思；是与心上人的约会受到了父亲的反对，还是其他什么。这时的心情恐怕比满园的花木还要繁琐。活跃于明代万历至天启年间的苏州画家王青城，用他擅长的细致线描出色地完成了这个主题。

戏曲舞台上著名的《游园惊梦》，曾被搬上荧幕。几乎也是这样的环境，杜丽娘在入梦前，丫鬟为她添上了香，随后在睡中去争取自由的婚姻；与前者欢快的宴乐不同，这时的香多半是为了打发时光，同时在近似催眠的过程中充当陪伴和抚慰。

女性用香还有一个常见的情况是晚上拜月，《红拂记》、《西厢记》都有类似的关目。插图的主角是小姐模样的女子，地点往往是室外；或露台、或花园，还有水榭旁，皆宛然苏州庭院景色。祭拜用的香器则放在一张高脚束腰的案几上，案子的造型可以是方的，也有圆的，搬运的工作多

琵琶记·柳絮帘栊，梨花庭院

半是由丫鬟一类的人物完成。小姐们只需长身玉立、举止恭敬地焚香拜月。祈祷的内容也不下数种，如《西厢记》里崔莺莺所云："此一炷香，愿亡过父亲，早上天界！此一炷香，愿中堂老母，百年长寿！"另如《金瓶梅》里的吴月娘也曾设案焚香，她求的则是子嗣。这些当然都是出自真实的情感，但最后还是要回到自身现实的生活里。莺莺的第三炷香就是良久不语，才激起了红娘"小姐为何此一炷香，每夜无语？"之问，然后替她祷告："愿配得姐夫，冠世才学，状元及第，风流人物，温柔性格，与小姐百年成对。"莺莺这时赶紧添香拜科，可见红娘是说出了小姐最要紧的心事。此时的香就不仅仅是酬谢天宫了，在祈祷者的下意识里它简直是寄托福音的信使。比起幽居、寻梦而焚香，这略近无奈的行为，拜月显然是带有积极色彩的；甚至连香的形象，似乎也从前一刻的晦涩变得逐渐明亮起来，这大概又可视为女性的一种进步。

这类插图一般有两种形式，一种只刻画女子，会略显单薄而乏味；一种则增加了偷窥的男子，而使画面的趣味忽然生动了起来。照金圣叹的评判逻辑，这些表面斯文的公子们，既然有隔墙饱看的机会，又有太湖石可垫脚；夜深人静、月朗风清，此哪能忍而不看？哪能忍而不急看耶！

出乎小姐们所料的还不止于此，身兼红娘一职的丫鬟为了尽早促成主人的好事，不惜与陌生男子串通一气，教唆他们在拜月必经的路途中，以琴声试探小姐的反应。那一刻，儒雅的公子端坐书斋，弹起了琴，面前也焚起了香，期待着好事的来临。从一张题名《崔莺莺夜听琴》的插图里看，由于丫鬟的怂恿，小姐反而感觉成了偷听者。这的确有趣。此处的香和琴音一样带有那么点诱惑的成分，也为剧情的推进发挥了推波助澜的作用。当然，抚琴焚香并不是为了这类事发明的专利。在男性独处的时间里也只是寻常事，其目的有时是为了养性、有时是寄托对友人或妻子的思念。明书林余少江刊本的《琵琶记》插图就曾表现过这样的主题，在临水的亭台上，仪容整洁的男子在弹琴，娴熟的双手在丝弦间滑动，桌

西厢记·崔莺莺烧夜香

红拂传·同祈

西厢记·逾墙（环翠堂本）

西厢记·逾墙(继志斋本)

西厢记·逾墙(敦睦堂本)

西厢记·崔莺莺夜听琴

上点着香；一个僮子拿着筷子在添香，一个僮子摇着扇子在煮水。琴桌上的香伺候的是心情，香几上的香伺候的是环境，功能上各不相同；这说明弹奏可能还会延续很长的时间，中间免不了需添换一点香料，何况烹茶也仍在进行着。两名僮子的表情显示，他们都没专注在自己的工作上，都走神了，是为琴声所动吧！这也难怪，弹琴人被迫入赘，心里却思念着远在家乡的双亲与发妻，怎能不"强对南熏奏虞弦"，又怎能不"顿觉余音转愁烦"。我们还看到过元代杂剧《倩女离魂》里的插图，画中男子泊舟江边，因思念未婚的妻子而拨响了琴弦。这是在刻画月夜写恨的一幕，恨的是自幼订下的亲事，却遭势力岳母的刁难；幽怨的琴音惊动了远在千里之外的妻子，竟然魂灵离体前来赴会。整幅画的气氛实在是处理得很出色，不单是船头低垂的柳枝、桥下若断若续的江波衬托了感伤的情绪，桥上离魂的无奈哀怨，也借着飘摆的衣袖，和环境保持了高度的和谐。画家并没有遗漏香的位置，把它们移至船板。古代的小说里有返魂香一说，指的是一种特殊调配的香料，能令亡者闻之即活。那是否还有离魂之香，这不能不令人产生联想。琴音至多是催促，最终还是奇异的香气为离魂作了引路。

此外，有两幅插图分别从正面和侧面，反映了男性在书斋用香的情况。其一是万历福建建安余氏三台馆刻本，《仰止子详考古今名家润色诗林正宗十八卷》。这是一部为作诗者翻阅用的词书，按照韵脚排列，把一些辞语排在一起，诗人只要一翻，添上去就能做成七言五言之类。在此书目录之后，第一页之前，有半叶插图，题"三台山人余仰止影图"。这插图完全可以代表闽派版画的风格。作风不及徽派的工细，依旧保留了元代上图下文的闽刻小说插图的朴实作风。有趣的是图里表现的生活气氛。这里是一座书堂，悬匾题"三台馆"。旁边挂着一副对联，"一轮红日展衣际，万里青云指顾间"，是一般仕子喜见的吉祥涵意。园外大门额题"养化门"。一个小僮在打扫庭院。院子里有假山花木，当中是个水

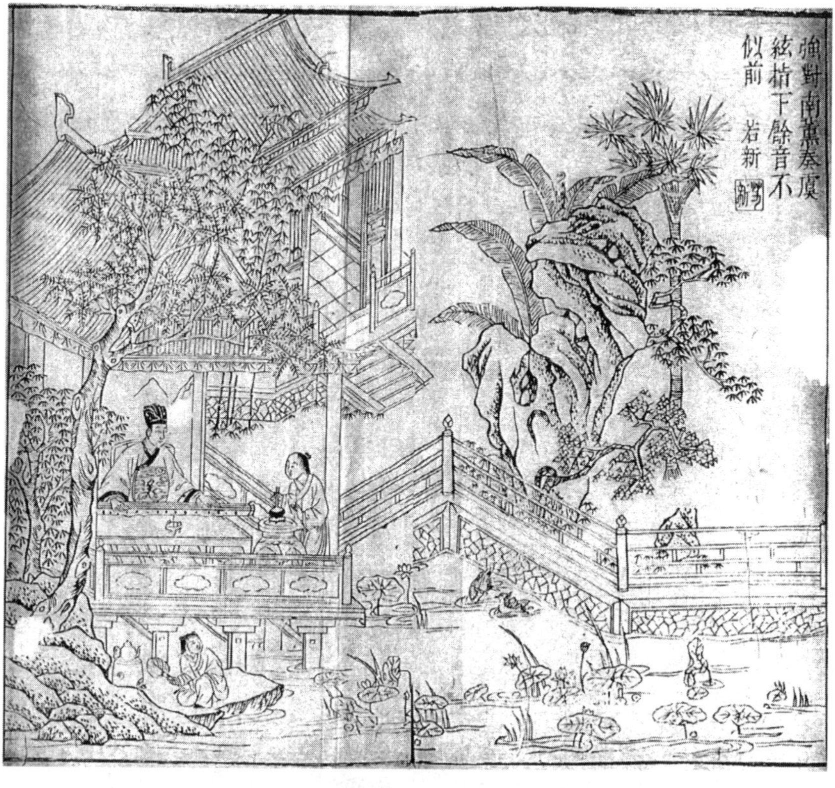

琵琶记·琴诉荷池

倩女离魂·调素琴王生写恨

三台山人余仰止影图

池，池中种着莲花，还有一对鸳鸯；另一小僮在注水烹茶。一个侍女立在旁边捧茶，另两个在阶下，其中一个在焚香。坐着的男子正是编辑先生本人，建安有名的出版家余象斗。他悠然自得地在进行着编辑的工作，焚香烹茶都已是例行的公事，无需自己动手；有这么多人伺候，疲倦和无聊是不大会有的。尽管这插图带着较明显的装饰意味，总还表现了明代优裕生活的一种享乐主义的格调和品位。

和这般功成名就的人物不同，在尚为考取功名而秉烛苦读的书生那里，焚香主要是为了提神。崇祯徽派版画笔下的元曲片段《诗酒红梨花》就可视为侧写的一例，洛阳名妓谢金莲深夜来会仕子赵汝州，她没有进门，汝州正从书斋步出迎接，插图的一角露出了屋内的情形，桌上摆着翻开的书，书旁点着蜡烛，余物就只是焚香用的器具。如果没有佳人来会，长夜寒窗是难熬的，除了排遣寂寞，靠焚香来清一清神，驱赶昏睡亦不失为必要的手段。所幸的是，佳人还是来了，她的到来使原本冷清的香味变得艳丽，造成读者的一种期盼心理。

像这样幽会的场景，往往也是传奇里老套的内容。作家在创作上的余地似乎并不大，有时反而是在版画上，因为画家和刻工的合作，出现了颇为生动传神的画面。佚名作品《鸳鸯被》里有一叶插图，描写一对陌生的男女在道观里邂逅。媒人就是道姑，她收了人的贿赂，要说合一次并不算正义的婚姻，而男女也从未见过面。意外是原本该来的男子误时未至，被临时投宿的另一男子误打误撞地所替。

画中刻画了三个人物，庵内的一双恋人，及在外墙偷看的道姑。画家在人物形体的处理上花了不少功夫。那道姑最不安，只露出半个身子，为了保持平衡，只将脸和手稍稍搭着门框，她可能在担心如何向后来者交待；同时，她在偷笑，显出羡慕的表情；如果不是为了钱，她也更愿意小姐找一个真心喜欢的人；面对读者的那一对恋人，简直旁若无人，他们只是初识，却握手交视，勾肩搭背，好像早已相熟的情人，他们也在笑，在呢喃

红梨花·谢金莲诗酒红梨花

鸳鸯被·金阊客解品凤凰箫

而语，亲昵的气氛跃然纸上。画家不失时机地在这对恋人身后加上了一株盛放的花和一炉燃烧着的香烟。这些都为男女的欢爱增添了无限的情色。

相对于公子小姐们有限的私人生活，古代的插图也曾大量记录了出现在各种公开的社会生活里的用香风貌。

比如戴善夫《风光好》里，描写丞相宋齐丘接见陶学士的一幕；比如汤显祖《紫钗记》里，描写府尹为赶考学子饯行的一幕；都是在正式的外交场合，身穿朝服的主人会见来访官员的客厅处，摆放下了香炉一类随时听用的器物，或许是为了增加威仪的效果，也可能在谈论尴尬时缓和一下气氛。同样在《紫钗记》里，一幅根据“宣恩”的剧名配写的插图，我们看到了一家人在接受圣旨时，摆放香案、燃起香烛跪拜的情景。大概在君王独裁的封建年代，焚香这样的仪式最大程度上表现了被统治者视君如父的诚意。获得恩宠，自然是喜事，进而将喜庆、吉祥的用香内涵延续到完婚、贺寿的大事上也就成了约定俗成的习俗。

临川四梦之《南柯记》“尚主”一折的中插图，用了较为热闹的画面突显驸马与公主喜结良缘的喜庆气氛。香烛的位置从“宣恩”中朝内的方向改为朝外，这是有道理的，前者拜的是人间的天子，后者则是真正的天地。这种完婚的程序被一代一代保存下来，直到今天的农村与偏远的地区依然延续着。只是他们对于焚香形式的看重已远远超过了对于香料品质的要求，换句话说也就是不再重视香味的好坏了。

刻意去找以“贺寿”为名的用香插图，其实并不容易。还好，无意发现一张。它藏在明代弘治间莫旦刊刻的《石湖志》里，这是一本地理类的书籍。其中有两幅“莫氏庆寿图”，其实应该算是一幅，因为板框的限制被设计在两页上。与晚明版画的精致、秀丽不同，它的刻工可以说是粗糙的，但不呆滞，别具古拙的趣味。重要的是浓郁的家庭氛围增强了图像的感染力。有数十个人聚集在厅堂外的平台上，屋檐匾题“寿朴堂”。一只硕大的香几摆在正中，上面香烟缭绕，好像它的位置很重要，所有的

风光好·宋齐丘明识亲词藻

紫钗记·黄堂言饯

紫钗记·宣恩

南柯记·尚主

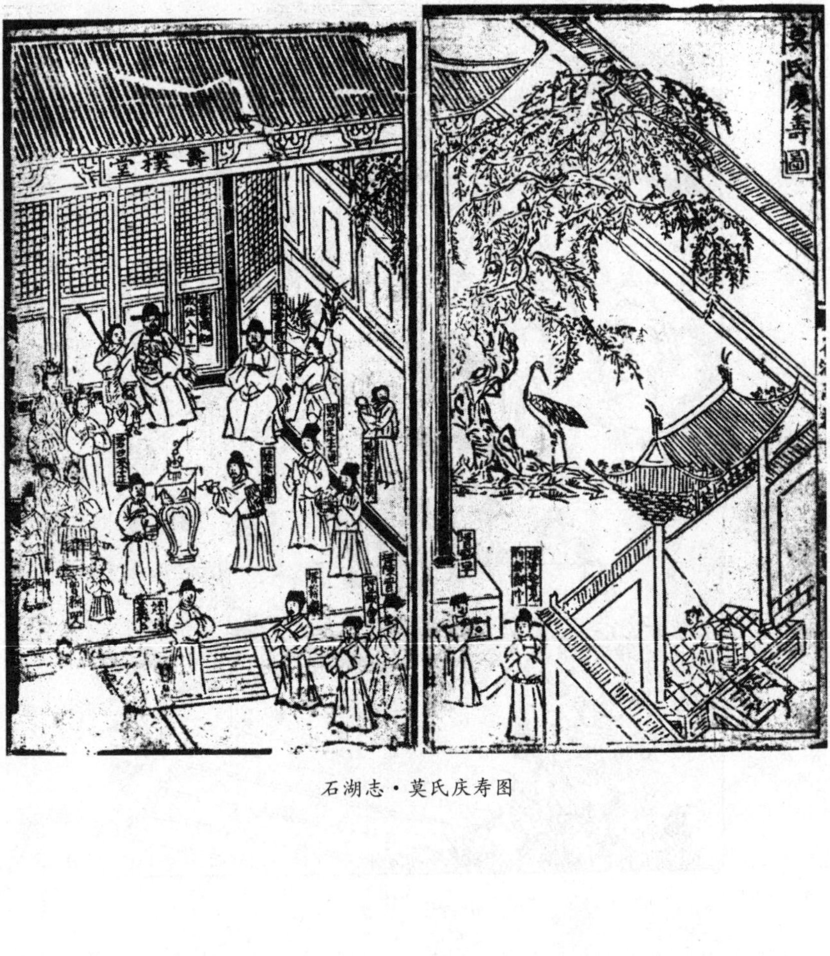

石湖志·莫氏庆寿图

人都绕着它活动。根据每个人身旁的文字注释，显示居中坐在最里面的老者年逾八十，应该就是当天的寿星。右边坐着来祝贺的弟弟，还有儿子、孙子、曾孙、侄子、女婿，唯独左边的女眷们没有挂名身份。院子里种着椿树，还养着一只仙鹤；院外一个小厮模样的正提着礼物往里走，后面好像还有络绎不绝的客人。从穿着看，老者和这些眷属多半是入仕的官员；再看院外大门上的“椿桂同荣”正是巡按监察御史孔儒贺赠莫旦的颂辞，这样大致可以判定画中的这位老者就是作者本人；而书的刊印工作或是由他的晚辈来完成。理论上，将长辈的著作刊印成册，再附上一张应景的插图，作为贺寿时的贺礼献给寿翁，或馈赠亲友，均是常见的做法，也是当时风气所及。至少，我们看到了又一种礼仪用香的式样。这样富裕的家庭应是可以用一些好香的，尤其是寿宴当天，香火可能昼夜不息。

宋明以来的野史和笔记里，有时会涉及官员用香的情形，多半是在退朝回府之后；也有处理公务时的，只是每每言之不详。这里选出一幅特别的插图可资备考。版画的内容表现的是审案的场面，而且是在郊外，实在难得一见；知府模样的官吏正襟危坐，他的背后临时搭起一架屏风，面前的书案上放着记录用的笔墨纸砚，还有一只正燃着浓烟的香炉。两旁站着师爷、皂隶一类的人物，地上跪着一名老妇和一名年轻的男子，她们的身后另站着一对年轻的男女，离他们不远的乱石杂草中隐约露出一具女尸。老妇人在哀诉、在鸣冤，府尹大人在聆听、在提笔思索；现场的情状显得紧张而复杂。插图成功地表现了王仲文笔下“贤母救孝子”的一幕。如果不是当哥哥的半路上揭露哑女被害、嫂嫂失踪的真相，弟弟弑嫂的冤案，依然难脱屈打成招的命运。当然这得感谢明理，而又充满胆识的母亲为他们争取了可贵的时间。古代有关香药的谱录里多见“衙香”的记载，除了适用于官方场合也还有其他用途，这在今天已几乎难以想象；在如此人命关天的场合焚香，自然不是为了显示官员的风雅。它的出现或许是为了营建一种无形的气势，在威严的气氛下给予嫌犯某

救孝子·贤母不认尸

些心理上的压迫。

还有一类插图专事表现佛道两教在世俗生活里的应用，从而带出用香的事宜。其形式虽然相若，企图却各不一样。这里也选出几幅有代表性的来作说明，在传奇《南柯记》的插图里前后有三页在佛堂里的情节，一页是观音殿，殿外池水旁，未来的驸马淳于棼，为大槐安国的三名女子将汗巾挂上竹枝，殿内巨大的供台上安放着菩萨像和香烛；紧接着一页是孝感寺，契玄禅师说法，淳与众女子行礼敬拜，讲经台上是更为精致的香具摆设；这连续的两页描写了槐安国母派出三名女眷，赴盂兰大会物色驸马；淳于棼并不知情，而他的殷勤得体令她们满意，认其为不二人选。在这里，佛场被当作了考场，佛缘也成就了姻缘，作为配角的炉香是否也应记上一笔阴功。最后的一页是剧终，殿外的超度法会，凭借禅师的法力，驸马与亡妻相见了却心愿。按文本的描述，淳登上天坛的那刻是燃指为香的，这多少让人有点动容；作家欲以天界的相会消解人间的离恨，再次证明淳的至情，却又叫禅师的利剑斩断淳的情丝。他是看破了苦乐，要世人从幻梦中醒来。此处，法香与肉身之香合为一体，画家没有照本宣科地去描摹，这是智慧的。再来看看道教，一幅是张天师站在高台上作法，炉香乍热，烟气滚滚，半空中飘来风花雪月之神；一幅是彭祖跪在岸边祈寿，香案上香烟烛火高举，还有一应水酒果品，月光下七位星官驾云而至。前者是在化解天人之间的相思之苦；后者是在为自己延年增寿。他们都有求于人，有求于仙，所以燃起的香烟是连接另一个世界的路径，仙人们靠着这标记抵达凡间。

凡人纵使无法腾云驾雾、来去自如，也还是要活动的。随着空间的移动、地域的变换，用香的场景和作用也相应而变。最后，还有几幅有意思的插图，为我们提供了别样的视野。

一幅在江上，江水湍急，小船逆水而行，江中一妇人，项缠罗帕，双眼圆睁，两手紧抓舟中男子的长发，势要将其拽出船外，船尾的艄公惊魂未

南柯记·遇槃

南柯记·情着

南柯记·情尽

张天师·张天师断风花雪月

桃花女·七星官增寿延彭祖

定；船侧水上另有一人随波心涌出，手揪一女子云鬓，在浪里翻滚；这是《喻世明言》里复仇的一幕。船舱矮几上焚着的香，本是负心男女在舟中娱乐的用具，此刻也乱了分寸，倾斜的烟气显现出随时都可能被江风覆灭的命运。而摇晃的船体、汹涌的风浪，一起与之构成了惶恐不安的观赏效果。这样的刻画也着实酣畅淋漓。

一幅在官道，成群的父老挡住去路，马上的官人拱手示意，这是在挽留他们爱戴的太守；举过头顶的香盆里袅袅烟丝，是他们如泣如诉的眷恋。二十年对民情的体恤、二十年收获的民心，一朝别离，怎能没有感慨。画面里没有长亭，意思也已一望可知。

第三幅在郊外，距匈奴不远的汉界。临时征用的行辕内，蜷身而睡的是汉元帝；他太累了，就在不久前他的爱妃，为了保住大汉的江山，自请和番，随后投江而去。他恨透了自己的无能、伤感极了。此刻他睡着了，俯卧的桌案上点着蜡烛、摆着香炉。香炉很干净，并没有在使用，这恰恰衬托了寂静的情调，与主画面上方流动的云气形成一种均衡。也许之前是焚过香的，随着梦的深入，它停熄了。插图没有描写梦里相见的景色，也无法传递远处孤雁凄凉的悲鸣。但这些都没有减弱忧思的气氛。仔细分析，好像是那一片虚空的云气在起作用，它像是香气所化、又像是梦境的象征，同时也预示了梦醒后的无望。我们仿佛听见宫人轻声呼唤："陛下，回宫吧！"陛下应："呵！原来还在这个该死的荒野地方！"除了雁声，他似乎隐约听见山谷间徘徊着车轮碾地的回响，呵！再也看不见昭君了！

七十年前，俞平伯先生在"诗余闲评"里谈过一点感想，他感到了解古人的文学很难，作旧体文词也很难。因为古人的环境和事物，都和现在不同了。接着，他提起了"金榜题名"、提起了"焚香"、提起"灯花"，还有"黄莺和大雁"。虽然这些究竟都是小节，主要还是人事的变迁，生活的心情变化了。今天用这样的感想来看用香的生活，大致也没有两样。幸运的是我们还可以看见这么多珍贵的插图，理应感谢那些杰出的刻工和画家。

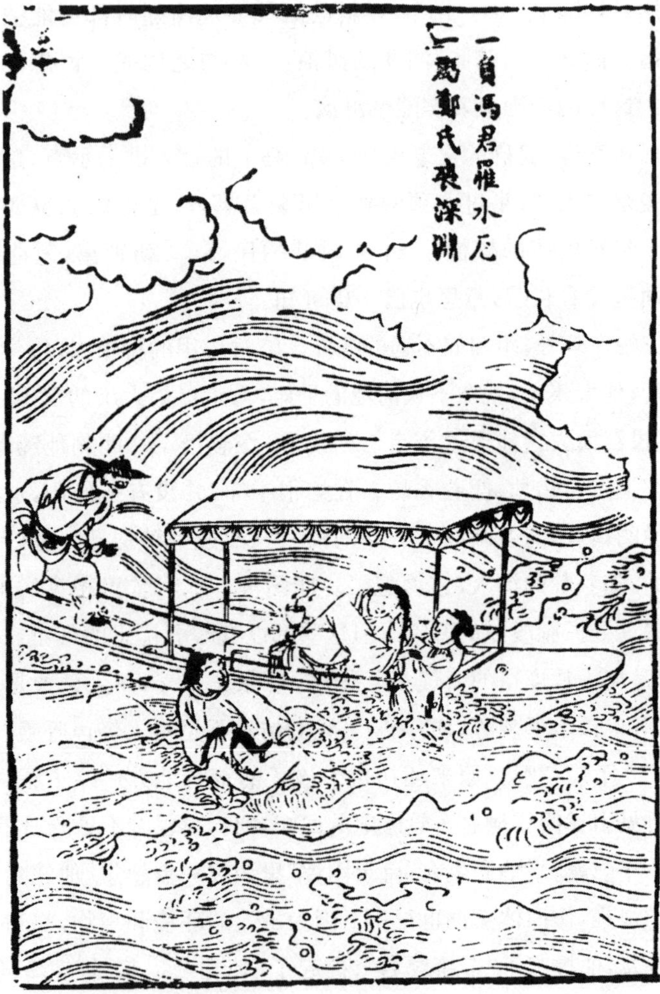

喻世明言·杨思温燕山逢故人

南柯记·卧辙

汉宫秋·破幽梦孤雁汉宫秋

反思

高温与低温

用火来获取香味，是中国延续了几千年的传统。热浪滚滚的火焰融化植物的根茎，逼出动物的油脂，最后把它们烤成灰烬。这个过程从燃烧开始，到熄灭后逐渐冷却，耗费了漫长的时间，大概只有中国人才有如此的耐心。旧时代过去，新时代到来，燃烧的原料、环境、包括介质，比如炭和热水，都相继发生着变化，唯一没变的依旧是作为启动热能的加温来源，火。

其实，这个中间不是没有改变的可能，至少在汉代，西域的蔷薇水已经提供了新的启示；唐代就更不必提了。这些通过蒸馏萃取香味的办法，成了主导整个世界的日常生活方式。直到今天，它的便捷，以及在人群中传播的即时性，始终无可替代。

我曾一度把它看作是女性化妆生活与人之精神生活，同在用香途中的一种分野；但后来发现，这样的观点多少是武断的。因为，即便是要实现精神生活的种种需求，仍要考虑气味的优劣、气氛的营造；它几乎没有可能摒弃作为材料的物质基础。这些需求也不能游离于真实的生活之外，无论是对于女性，还是男性，它都是一种自我表达。

所不同的是，人于价值的取舍。喷洒在身上的香水，只需依靠人体正常的体温，就可以淋漓尽致地挥发它的气味，不再有很多限制，也不必局限在一个固定的空间。更重要的是物质形态的改变，已然是一种溶液，属性上变成了液体的水；随之，人也代替了古老的火源，成为新的加温介质。

这一系列的改变，使气味可以随着人的自由移动，进入更广泛的公共空间，同时，引发他人的反应，进而达到预期设想的关注。显然，最初对于香味的感性依恋已不再那么纯粹了，它被赋予了更多的社会功能，人们迫不及待地用它来付诸外交，有时候隐藏在背后的意图和情绪反比气味更明显。翻阅历史，这样的情况中西方并没有什么两样。

既然这样，中国为什么没有全盘改变，依然固执地沿袭着高温取香的方式。如果因为倾向于使用固态的香料，而只能用火，说服力显然不怎么充分，这样的借口唯能敷衍过去；今天已经具备了电和微波的先进手段，但这仍然没有彻底取代中国人烧香的旧习。必须承认的是，这其中，有一部分是宗教上约定成俗的仪轨不宜冒犯，还有一部分是我们自己都不容易说清楚的心态。好像中国的香，离开了火就不再是中国的香。

的确，为了留住火，中国取香的方式是复杂和繁琐的。尤其当你看见一个人，小心翼翼地将火红的炭块，埋入深深的炉灰里，再有条不紊地盖起来；你能感觉到是那种真实，还有那种与生俱有的对火的亲切感；这种感受到了寒冷的冬天更是溢于言表。而这些都会像气味一样勾起我们无数的回忆，追溯到更久远的年代；一个世世代代靠农耕文明存活下来的年代，和他们的子孙，是离不开火的。

时间推到了无数个过去，建立起新的秩序；中国人还是在生活细节里保持着原始的生活本意，用源自自然的能量慢慢唤醒另一些自然的生命；比起立竿见影的低温运用，快虽然是快，强烈的刺激过后去得也快，心里却总少了一份踏实。想起，那一点点火苗，就可以喻示着万家灯火、香火传家的憧憬，又有什么理由怀疑，美好的东西是值得花时间去等待的。

有相无相

天然的香料到了中国人手里被小心处理、精心搭配，然后在充分的想象下调制成千姿百态的合成香物。从世俗的角度，评判他们好坏有两个依据：一是气味，这当然是最要紧的，毕竟香气是涉及嗅觉的事；其次是烟。它是火的外延，是经过燃烧的物质在挥发时，直接可以被观察的形态。人们常说的青烟直上，不仅包含了烟的色彩，也描述了它运行的轨迹和姿态。而要完成这些外在的表现，排除环境的因素，比如风速、空气中的温度与湿度，以及人的气息，这些都是看不见的；取决定作用的还是材料本身，比如它们的纯度、它们之间调和的比例，还有用来凝烟、定香、挥发、粘合诸剂的等级。所有的物质，在受到相当程度的重视后，才可能换来青烟直上的效果。

在中国出使西域前，本土香料可以给人带来的愉悦性是有限的。那个时候，中国的皇帝们，日复一日地焚烧着草本类的植物，以期制造浓烟蔽日的景观，将宏伟的建筑包裹起来，营造他们心中的仙境。他们争相观赏这些浩渺的烟波、注视着升腾的云气直达天庭，由此认为可以降迎另一个理想世界里的主宰，为他们的长生赐福；比起看不见摸不着的香气，有了烟，也就有了具体的相，这是他们赖以寄托的真实载体，至少从视觉的角度是这样的；而执象而求，原本也就是空虚的内心和焦虑的五脏，极可用来填补与舒缓的一剂良方。

为了随时欣赏并亲近这些奇妙的烟雾，造型各异的焚香器具应运而生。著名的博山炉大概就是为此而设计的，要不然它不需要有个盖子，而且还设计成镂空的锥形；除了形态上附会仙山寿海的寓意，主要是聪明的匠人利用了空气流动的原理，致使上升的热烟遭遇冰冷的盖子，停顿凝固、而放慢下速度，随后成螺旋状贴着锥体运行，这些丰富的曲线轨迹使得假想中的仙山呼之欲出，在感官上提供了无与伦比的满足。

能静静地看一缕烟缓缓升起，是美的。我曾选择了两个截然相反的时间亲身体验，为了避免风的干扰，地点都在室内；一个是万里晴空的日子，阳光透过窗帘形成刺眼的光束，烟气冲进去后，原来的烟形不复存在；你可以清楚地看见空气中无数的尘埃穿行在扭曲的烟雾里，仿佛两个交叉的星系；可能是由于光的折射与烟气自身的弯曲，它不再是一个平面，由两维变成三维、四维，翻卷的烟波显得深邃难测。这令人联想起时空、引力、坍塌，这些宇宙天体中的词汇，总之它在阳光底下消失了阴柔的本质，活跃异常；眼前的景像影响着我的情绪，我视之为万物于人的一种启迪。另一个时间则是大雨滂沱，天色昏暗下台灯映照，依旧是那组烟气，却比平日还感觉缓慢，并且显得厚重；可能是空气中的水分减缓了它上行的力量，加稠了它的浓度，同时也让它的质感温润了许多，我明显能感受到了它的滑爽。昏黄的灯光照射在烟气上，泛出多种色彩，既像江南的云锦，又如遥无边际的绸缎。我不由自主地陷入遐想，以为它是沙漠里的丝路，这又是一种幻境。

并非所有的人对气味都那么敏锐，那也是一种天赋。而看烟，只要有一些人生的经历，就可以尝试。每个人在烟里看见了不同的景象与世界，最后看到的其实是自己人生的起伏，以及寻觅的价值，所谓相由心生。

聚散之间

十之八九的中国人提起香，比较容易联想起的一个是家祭，其次就是宗教朝拜。家祭一般是按特定的日子，用香也有限；宗教朝拜就不一样了，不仅用量庞大，时间上也更为频繁和灵活，只要心里有牵挂，是随时都可以去寺观跑跑的。

焚香是祈祷前的预备式，少了这个环节，所有的发愿似乎均成了空口无凭的表演。我们非常关心香的外包装上印着的吉祥涵意，也很在乎能否顺利把香点燃，于是奋力挤在人群中取火，然后恭敬地把它们插入厚厚的香灰；在俯身下拜的过程中，许多人好像感觉，对现实的人生有所顿悟，身心俱静；这也就是所谓的宗教体验。那一刹那，燃起的香烟将我们由世俗生活带入宗教之境，让我们想起很多，该想的都想了，唯独没有想到的是，眼前这平常的香，竟也暗藏下生命的本相，布满了禅机。

不难发现，中国的香本质上远比其他供养的物品显得复杂。从调配开始，它就是无数个单一物相的聚合，几种、十几种，甚至数十种差异悬殊的材料被人为地混合成群体性的产物，像极了某种社会生存的形态。而每一次香味的合成，又像是在搬演一幕幕新戏；调香师需要熟悉每一个材料的禀性、了解它们的特长，为它们能够相得益彰预设下各自适合的脚色，然后反复地汇合、拆散、再汇合，直到符合理想中的标准。检视的那一刻，也就是燃烧的那刻，几十种不同的芳香按着约定的顺序逐一登场，呈现它们的表演；每一秒都是高潮、每一秒都是尾声。真实的情况是，气味比移动的那点火星更早释放，如同先看见闪电，再听见雷声。这意味着，当芳香四溢的时候，其实前面那一点香已经走到了尽头。然后，它们一一退场。香气仿佛灵魂一般先行离开了粉末状的香体，到了最后的谢幕，气味散尽，留下余温尚存的灰烬。这实在很接近佛教里“成住坏空”的说法。即使，听起来多少有些伤感，但这本也是情理之中的事，我们的人生也大致如此。

依稀记得唐代诗人的两句诗：“来时暖亦热，去时俱成灰”，虽然是以通过描写香与炭的结局，象征人间的离合，但这又何尝不是香本体的写照。

当中国的香无意间被引入了宗教的价值维度，焚香本身也获得了一种新的视野。燃烧的过程亦揭示着几近哲理的禅思；那或可以代表无穷引诱和欲望的香气，在一把大火之后，烧得一干二净，让剩下的“空寂”观照了现实中的人生境遇。中国的香是入世的、又是出世的；在兼具悲悯与超脱的双重性格下，它仍需扮演向善的角色。

方之在人

并非所有的气味都有机会被完整地保存下来，要重新演绎也很不容易；大部分因为它们的偶然性，在一阵风过后便了无痕迹。那些停在嗅觉里的记忆，要等到下次再遇见的时候，才会有故旧重逢般的惊喜。

几百上千年前的中国香味，原本是更无从想象，也不敢想象的；却因为中国人撰写香谱的行为，使大量古代的香方被记录传至今日。想一想，有了这些香方，那些曾经在中国历史上名声赫赫的香物，在未来的某一天可以在沉睡中苏醒；过去对于那些香味的种种揣测也将付诸真相，这实在让人有些心驰神往。

而我们收获的又岂止这一张张方子上标明的材料和技法。在这些香方背后，我们发现了人的踪迹。

这里面有我们喜欢的大词人李煜、诗人苏东坡、书法家黄山谷，有我们熟悉的贵妃杨玉环、有可爱的花蕊夫人，有抵御西夏的名将韩魏公、喜作梅花妆的寿阳公主，有南宋的宰相、后蜀的皇帝，还有在朝的御史、在野的僧人、入世的名医、隐逸的作家；这么多人、这么多不同性别和性格，这么多社会身份迥异的人都在做着同一件事，参与制香。

理论上看，他们并不一定真正动手；这些以他们的名字命名的香，多数会由专人配制，但既然是独享的私物，他们一定参与了其中的某些环节，反馈了使用后的意见；他们与制作者沟通，调整配方的比例、形容他们理想中的气味；每一个人都是创作者，每一款香方都传达他们个性和品位。你看南唐后主的帐中香只选了苏合与沉香，这一东一西隔了数千里的产物，再看他笔下的《玉楼春》、《临江仙》，或是《望远行》，你多少可以体会，他想要赋予其中的内涵以及他想要的气氛，他词里的香必须和佳人在一起；你再看贵妃的帷中香，沉香的用量明显超出了寻常的比例，这既泄露了她嗅觉的偏好，也或许在学曾经的赵飞燕，要借此浓郁的香气捕获君心，时刻提醒对方和自己的美好时光是在沉香亭里度过的。这样的香名终究有些程式化，并不适合直抒心怀。到了黄山谷"黄太史四香"里的"意可"、"深静"，作者要传递的意思就清楚多了。在这些用人的名字命名的方子之外，更广泛的是被寄予某种意境或情感的香名，比如宜爱、比如清思、比如藏春、比如雪中春信，这些意味隽永的名字，让人联想起文学或戏曲中的某个画面、某段唱词。创作者为此付出了无穷的心思，制作者也为了完成这些心思，反复实验着气味与名字之间的关系，以期找出更为贴合文意的配方。到了此时，中国的香已经不再是以往简单枯燥的复制与加工，它跳出了公式化的逻辑，自由的伸展个体的才华，显示出强大的创作生机。各地的政府单位、民间力量，也都纷纷加入研究香方的行列。很难想象，这是一个什么样的时代，从初唐到北宋，几乎是全民性地将中国的香推向了全盛的创作时期，真是前无古人、后无来者。我想，大概只有对生活发自内心的热爱，才能保持这么久的时间。

当然，人在香方上留下的痕迹还不止这一些。随着时间的推移，从香方的选材上暴露出唐代与宋代，人们在气味审美上的变迁，这样的趋向越往后越明显；从香方的技术上，则反映了为配合不同的使用环境，人们所采取的种种办法；这还都在围绕香方本身，一旦脱离，落实成真正的气味，情形就显然不是创作者可以左右的了。这也是人于香方的第二层意义，是更深一层的递进。很大程度上，我们闻到的气味其实是来自略显抽象的那个人，那个默默无闻的制作者，而非材料的全部。我们会发现，某些制作者手里的香带有极强烈的个人特征，这很难指认是出于其中的哪个因素，相同的配方，不同的人，就可能感染上不同的气息；虽然细微，却可以察觉；这是一种手艺，因为人而分别，也只有人才可以分辨。

曾经有人谈起古代的女性，说她们有些久居深宫、有些出身名门、有些沦落青楼，在生活寂寥、心情苦闷的时候，也会燃起香，记下体验，编入日后的香方；这样的生活，男性也未曾缺席。中国的香因为这些动人的香方而感觉温暖，有了情感；有朝一日，这些香气复燃，历史的界限消失，我们不再需要凭吊；我们看见的也不仅是香方背后的人影，还有我们独特的文化。

后记

为了写这本小书，等候所需参考的资料，图书馆里的长廊成了我每每徘徊的地方。在那儿，数不清有多少次看见时髦的年轻男女，还有体态发福的中年人乃至华发的老者，手腕上都带着或大或小的念珠。他们当然不一定非得是什么信徒，因为这些年这样的装束正流行于大街小巷，俨然是紧随时代的一种标识；他们会习惯性地抬起手臂靠手腕的力量轻轻抖动来以示整理，然后嗅一下那些可能带有气味的念珠，精神似乎也随即为之一振。他们的举动自然地过渡并演变为一种社会里的新现象，而这些现象在更深远的集体意识及文化脉络上又与过去的时代相互观照。文化性的历史大概也都有属于它们自己的周期，人们对一种物质文化的崇拜、迷恋，进而招摇过市，都会在外部条件成熟的时候，逐渐形成一种社会现象；而现象背后也往往联系着整个时代的兴衰沉浮。

出于对历史考察的固执，我尽可能地搜集书中还没有落实的问题，其实心里也很清楚，有些问题一时是不会有答案的，比如黄庭坚与那么多晚辈来往的信札中能不能再发现一些和洪刍有关的内容、比如西岳庙的记文碑是否对现状的改善起到了作用，还有那些刻在上面的文字究竟呈现了怎样的艺术水准；期间，我设法联系上了华山文物管理处的人员，接电话的男子用浓重的陕西口音回应拓片还在，令我欣喜不已，过会又说仅是从现代仿刻的复制品上印下来的。看不见原貌，那又将失落多少历史的细节，我的心情也可想而知。

就在书稿即将付印之际，京城的拍卖预展上出现了此件碑刻的拓片，这在内地拍卖二十多年来是第一次。拍品是剪裱本，从墨色、拓印、装帧等各方面看都略显粗糙，比起那些声名赫赫的唐碑宋帖，它太不引人注目了。这里就不再详细地说了，有时候一些事情放着慢慢地去遐想、任由思绪飞扬，反而比水落石出更有意思，这一点对作者和读者大约都是一样的。对于这次的偶遇，我却既没有太过兴奋，也不觉意外。我想，我大概已经逐渐学会了用薛伯的赠言来思考和对待生活。

自先生去了玄奘求法的方向，人也变得懒惰了，当年的学业几已荒废，提笔想写点什么才发现自己的能力和水平是那么有限，勉强凑成这一小书，不足和错误一定很多。我是真诚地希望读者给予批评和指正的。此书能顺利出版，要特别感谢詹皓兄的引荐，以及书店社的杨柏伟先生不厌其烦地修改付出的辛劳，还有吴沙小姐用休息时间为配图提供的指导和帮助，我再次致以最真心的感谢。

赵　明

参考书目

《真诰校注》,吉川忠夫、麦谷邦夫,朱越利译,中国社会科学出版社 2006

《道教典籍选刊——真诰》,赵益点校,中华书局 2011

《六朝隋唐道教文献研究》,赵益,凤凰出版社 2012

《道教与长江文化》,杨立志、李程,湖北教育出版社 2005

《中国道教文化典藏》,黄信阳、王景春,中国文史出版社 2009

《道教与唐代文学》,孙昌武,人民出版社 2001

《道经总论》,朱越利,辽宁教育出版社 1990

《宗教学研究》,严小青、张涛,四川大学道教与宗教文化研究所 2011

《你应读懂的 100 幅中国名画》,乔伊,北京联合出版社 2011

《名画传奇:中国古代绘画背后的故事》,李福顺,当代中国出版社 2008

《文物》,文物出版社 1987

《明式家具之前》,扬之水,上海书店出版社 2011

《古诗文名物新证》,扬之水,紫禁城出版社 2004

《唐宋史料笔记——鸡肋编》,庄绰,上海书店出版社 1990

《从清明上河图看北宋民间百态》,左浚霆,研究出版社 2013

《清明上河图》,杨东胜,天津人民美术出版社 2012

《东京梦华录笺注》,伊永文,中华书局 2006
《宋代香药贸易史》,林天蔚,中国文化大学出版部 1986
《主观和客观的宋代绘画》,杨康荪,上海书店出版社 2015
《曹操集》,中华书局 1959
《诗品笺注》,曹旭,人民文学出版社 2009
《玉台新咏》,吴兆宜注,中华书局 2013
《贵妃的红汗》,孟晖,南京大学出版社 2011
《香——文学、历史、生活》,奚密,北京大学出版社 2013
《华山志》,韩理洲,三秦出版社 2005
《道教壁画五岳神祇图像谱系研究》,赵伟,文化艺术出版社 2013
《秦汉史论丛——汉代大夫制度考论》,廖伯源,中华书局 2008
《新纂香谱》,严小青,中华书局 2012
《中古文学系年》,陆侃如,人民文学出版社 1988
《秦汉赋役制度研究》,黄今言,江西教育出版社 1988
《汉代物价新探》,丁邦友,中国社会科学出版社 2009
《汉书食货志集释》,金少英,中华书局 1986
《秦汉史十五讲》,翦伯赞,中华书局 2012
《敦煌研究》,敦煌研究院 2003
《俄藏敦煌文献》,上海古籍出版社 2001
《唐代的外来文明》谢弗·E,吴玉贵译,陕西师范大学出版社 2005
《宋诗话辑佚》,郭绍虞,中华书局 1980
《黄庭坚与江西诗派》,王琦珍,江西高校出版社 2006
《黄庭坚和江西诗派资料汇编》,傅璇琮,中华书局 1978
《香学会典》,刘良佑,东方香学研究会 2013
《灵台湛空明——传统香文化展》,杨式昭,台湾“国立历史博物馆”2013

《宋代香谱之研究》，刘静敏，文史哲出版社 2007
《中国山水的故事》，张晓红，山东画报出版社 2011
《道观寻幽》，张晓红，长春出版社 2012
《两宋农民战争史料汇编》，何竹淇，中华书局 1976
《全宋文》，曾枣庄、刘琳，上海辞书出版社 2006
《中国古代"郁金香"考》，张彧彧，吉林大学文学院 2012
《宋代祈雨文的文体类别及其所映现的仪式意涵》，杨晓霭、肖玉霞，西北师范大学 2012
《元明杂剧》，顾学颉，上海古籍出版社 2011
《金圣叹评点西厢记》，王实甫，上海古籍出版社 2008
《南柯记》，胡金望、吕贤平评注，百花洲文艺出版社 2015
《喻世明言》，冯梦龙，许政扬校注，人民文学出版社 1995
《元曲鉴赏辞典》，上海辞书出版社 2008
《明清传奇鉴赏辞典》，上海辞书出版社 2004
《风雅千秋——蔡正仁昆曲官生表演艺术》，王悦阳，上海文化出版社 2014
《宋高宗南渡后的政治取向——基于建炎年间几起冤案的分析》，董春林，《北方论丛》2012
《洪刍与江西诗派诗人交游考》，曾琴，南昌大学人文学院
《宋朝香药贸易中的乳香》，陈宝强，暨南大学 2000
《金瓶梅词话重校本》，梅节校订，梦梅馆 1993
《雪隐鹭鸶——金瓶梅的声色与虚无》，格非，译林出版社 2014
《首都图书馆藏中国古版画珍赏》，倪晓建，学苑出版社 2003
《明清刊〈西厢记〉版画考析》，董捷，河北美术出版社 2006
《日本藏中国古版画珍品》，周芜，江苏美术出版社 1999
《中国版画史图录》，周芜，上海人民美术出版社 1988

《插图的故事》，黄裳，上海书店出版社 2006
《榆下说书》，黄裳，安徽教育出版社 2006
《明刻传奇图像十种》，王文衡，浙江人民美术出版社 2013
《元曲选图》，臧懋循，浙江人民美术出版社 2013
《沿着古代中亚的道路》，奥里尔斯坦因，巫新华译，广西师范大学出版社 2008
《丝绸之路与东西文化交流》，荣新江，北京大学出版社 2015
《丝绸之路新史》，芮乐伟、韩森、张湛译，北京联合出版公司 2015
《魅力敦煌》，胡同庆，甘肃人民美术出版社 2012
《敦煌遗书》，郝春文，漓江出版社 2016
《敦煌：众人受到召唤》，广西师范大学出版社 2015
《佛教美术丛考》，金申，科学出版社 2005
《考古发现与中西文化交流》，宿白，文物出版社 2012
《中国石窟克孜尔石窟（第一卷）》，文物出版社 1989

图书在版编目(CIP)数据

烟色渐远/赵明著.—上海:上海书店出版社,
2017.7

ISBN 978-7-5458-1425-5

Ⅰ.①烟… Ⅱ.①赵… Ⅲ.①随笔-作品集-中国-当代 Ⅳ.①I267.1

中国版本图书馆CIP数据核字(2017)第046100号

责任编辑 杨柏伟 邢 侠
装帧设计 杨钟玮
技术编辑 丁 多

烟色渐远

赵 明 著

上海世纪出版股份有限公司
上海书店出版社出版
(200001 上海福建中路193号 www.ewen.co)
上海世纪出版股份有限公司发行中心发行
上海叶大印务发展有限公司印刷
开本 890×1240 1/32 印张 4.875 字数 100,000
2017年7月第1版 2017年7月第1次印刷
ISBN 978-7-5458-1425-5/I·381
定价 20.00元